Felix Uhlmann
Der letzte Stand des Irrtums
edition 8

Felix Uhlmann

Der letzte Stand des Irrtums

Erzählung

edition 8

Die Herausgabe dieses Buches wurde durch einen Beitrag von

FA BS/BL Literatur
KULTUR

kulturelles.bl

Verlag und Autor danken herzlich.

MIX
Papier aus verantwor-
tungsvollen Quellen
FSC **FSC® C089473**
www.fsc.org

Die edition 8 wird im Rahmen des Konzepts zur Verlagsförderung in der Schweiz vom Bundesamt für Kultur mit einem Förderbeitrag für die Jahre 2021–2024 unterstützt.

Besuchen Sie uns im Internet: Informationen zu unseren Büchern und AutorInnen sowie Rezensionen und Veranstaltungshinweise finden Sie unter www.edition8.ch

April 2023, 1. Auflage, © dieser Ausgabe bei edition 8. Alle Rechte, einschliesslich der Rechte der öffentlichen Lesung, vorbehalten. Lektorat: Liliane Studer, Korrektorat: Verena Stettler, Typografie: Heinz Scheidegger, Umschlag: Claudia Müller und Nathalie Uhlmann, Autorenfoto: Aline Kornicker, Druck und Bindung: Beltz, Bad Langensalza.

Verlagsadresse: edition 8, Quellenstrasse 25, CH-8005 Zürich, Telefon +41/(0)44 271 80 22, info@edition8.ch

ISBN 978-3-85990-478-1

Inhalt

Prolog

Das Töten wird allgemein überschätzt.

Der Tod ist bedeutsam für den Getöteten, weil er beendet, was war. Der Getötete tritt in Beziehung zu dem, der ihn tötet. Diese Beziehung bedeutet keine Nähe. Der Tod schafft vielmehr eine Distanz, deren Überwindung unmöglich wird. Es entsteht keine Verbindung zwischen dem Tötenden und dem Toten, im Gegenteil.

Wer tötet, nimmt einem anderen Menschen das Leben. Er hält aber nichts in seinen Händen. Er erhält nichts. Das Nehmen ist kein Nehmen. Dem Lebenden bleibt nichts vom Toten. Der Tote ist im Tode allein, der Lebende im Leben.

Es ist deshalb ein Irrtum, zu glauben, dass unser letzter Moment für den von Bedeutung ist, der diesen Moment gewaltsam herbeiführt. Er lebt weiter und hat nicht mehr und nicht weniger, als er vorher hatte. Er ist dem Getöteten nicht nähergekommen.

Das Töten wird allgemein überschätzt.

Wahrscheinlich hätte er die Verhaftung vermeiden können. Er hätte überhaupt vieles vermeiden können. Er hätte vermeiden können, dass er eine Frau heiratete, die er nicht liebte, und einen Sohn zeugte, für den er nichts spürte. Er hatte beide weggeschickt, und einen kurzen Moment fühlte er sich frei, frei von diesen unliebsamen Bindungen. Er war frei, weil Frau und Sohn nicht mehr in seine Nähe kommen konnten. Dann wurde er verhaftet.

Er hatte immer gedacht, Verhaftungen hätten etwas Dramatisches. Er stellte sich Familien vor, die im Morgengrauen Koffer packten und von schlagenden Schergen in Lastwagen gezerrt wurden. Aber das traf nicht zu, zumindest nicht in seinem Fall. Es war ein Wochentag, etwa neun Uhr früh. Beamtenzeit. Er sass in seinem Esszimmer, als sie kamen. Der Frühstückstisch war ordentlich gedeckt, nicht übermässig sorgfältig, die Butter war im Einpackpapier, das Marmeladeglas leicht verschmutzt, und einige Brotkrumen lagen auf der Tischdecke. Aber der Frühstückstisch war ordentlich; er zeichnete das Bild eines Mannes, der Zeit hatte, sein Frühstück in Ruhe einzunehmen. Es war eine Normalität, die es nicht nötig hatte, mehr als normal zu sein.

Die Beamten klingelten. Sie stellten sich zwar nicht vor, zeigten aber ihre Ausweise. Sie nannten irgendein Amt, das sie geschickt hatte und dessen Bezeichnung er vergessen hatte. Es war ohne Bedeutung. Die Beamten sprachen nicht von Verhaftung. Sie sagten nur, dass er mitkommen müsse. Wörtlich sagten sie: »Wir müssen

Sie bitten, mitzukommen.« Einen Grund nannten sie nicht.

Im Rückblick erschien ihm die Wortwahl auffällig. Die Beamten sagten: »Wir müssen.« Sie müssten ihn bitten. Belastet waren also sie, nicht er. Sie mussten eine Pflicht erfüllen, er musste nur mitkommen, er wurde darum gebeten. Er war nicht sicher, ob die Beamten immer den unverbindlich freundlichen Tonfall benutzten oder ob in ihrer Höflichkeit ein gewisser Respekt gegenüber seiner beruflichen Stellung zum Ausdruck kam. Er war Ingenieur, Ingenieur für Getriebetechnik, was sie sicher wussten und was überdies am Briefkasten seiner Wohnung angeschrieben war.

Er war vorher noch nie verhaftet worden, und er wusste auch nichts vom Ablauf anderer Verhaftungen. Eine offensichtliche Frage war, ob er etwas mitnehmen sollte, und wenn ja, was. Hatte er Zeit, einen Koffer zu packen? Sollte er die Wertsachen mitnehmen, hier lassen oder den Beamten in Gewahrsam geben? Die Dauer seiner Abwesenheit war nicht bekannt, und ob er überhaupt zurückkehrte, war mehr als unsicher.

Eine ebenfalls naheliegende Frage war, ob er noch sein Frühstück beenden konnte, wenigstens seinen Kaffee trinken, dann Butter und schmutziges Geschirr in die Küche bringen. Dass sie warteten, während er in Ruhe weiteraß, war kaum anzunehmen, aber einen Schluck Kaffee zu trinken schien nicht ausgeschlossen.

Natürlich hätte er fragen können, wie viel Zeit er denn habe. Er fragte nicht. Er fand eine solche Frage seiner unwürdig. Überdies wäre es angesichts seiner Verhaftung auch seltsam gewesen, wenn er sich beispielsweise darum gesorgt hätte, dass Butter und Marmelade nicht den Teller verklebten. Eine solche Sorge erinnerte ihn an eine Kurzgeschichte, die er in seiner Jugend gehört haben musste. Um was es genau gegangen war, hatte er vergessen, aber die Grundidee war ungefähr die folgende: Alle wissen, dass am nächsten Tag die Welt untergeht, doch niemand gerät in Panik. Die Hauptpersonen legen sich am Abend zum Schlafen hin, die Frau steht aber nochmals auf, weil sie den Gashahn nicht richtig zugedreht hat. Über die offensichtliche Sinnlosigkeit muss die Frau lächeln. Nun sah er sich wieder, wie er vor dem Radio sass und gebannt zuhörte. Als die Stimme verstummt war, dachte er, dies sei das Ende des ersten Kapitels, und wartete auf die Fortsetzung. Sein Vater klärte ihn darüber auf, dass dies das Ende der Geschichte sei. Der Weltuntergang, der ihn als Jugendlichen interessiert hätte, fand nicht statt. Oder er fand eben doch statt, in der absoluten Unausweichlichkeit, die zur Normalität der letzten Stunden führte. Seine Verhaftung war unausweichlich geworden, weil er die Stadt nicht verlassen hatte. Normal war die Verhaftung wohl auch.

Er fragte die Beamten also nicht. Er liess sie eintreten, wandte sich zum Esszimmertisch und griff nach seiner Tasse. Er trank zwei Züge im Stehen, ohne Hast, aber auch nicht langsam. Er ging in Richtung Schlafzimmer, öffnete und trat ein. Im Schlafzimmer nahm er seinen mittelgrossen Koffer, der neben dem Schrank stand, und hob ihn auf das Bett. Die Tür liess er weit offen, sodass ihn die Beamten gut sehen konnten. Er packte zwei Hemden, eine Hose, etwas Unterwäsche und Socken in den Koffer. Er ging langsam ins Badezimmer. Es erfüllte ihn mit einer gewissen Befriedigung, dass der Jüngere der beiden Beamten eine etwas schnellere Bewegung machte, die dessen Unsicherheit zeigte, ob er, der Verhaftete, nicht doch durch das unmöglich kleine Fenster im Badezimmer drei Stockwerke in die Tiefe springen könnte oder gar den Vorsprung am Fenster nutzen würde, um in ein anderes Zimmer zu gelangen und ihnen zu entwischen. Der Ältere der beiden machte aber nur einen Schritt in Richtung Schlafzimmer, mit Bedacht und Routine, sodass der Jüngere nichts weiter unternahm. Der Ältere schien zu wissen, dass er zu ihnen zurückkommen würde, und das tat er auch. Mit einem Koffer, in dem sich etwas Wäsche, seine Zahnbürste und das Rasierzeug befand.

Er hatte auch, als er in Richtung Schlafzimmer gegangen war, gesagt: »Ich komme gleich.« Er sprach die Worte aus, wie sie seine Grossmutter ausgesprochen hätte, jede Silbe genau betonend, wie er es von ihr kannte. Er wollte ihnen zeigen, dass er sprechen konnte wie sie, dass er leben konnte wie sie, dass er war wie sie, und dass sie ihn dennoch verhafteten, nur weil seine Eltern, der Grossvater und seine anderen Grosseltern aus der falschen Gegend kamen. Er wusste nicht, ob sie dies zur Kenntnis nahmen, ob sie überhaupt etwas zur Kenntnis nahmen oder ob sie einfach froh waren, jemanden zu verhaften, dessen grösster Widerstand es war, eine Zahnbürste zu holen und einen Satz zu sprechen, den sie nicht anders hätten aussprechen können.

Die Beamten führten ihn zu einem unauffälligen Wagen in der nächsten Seitenstrasse. Wahrscheinlich hatte ihn keiner seiner Nachbarn beim Weggehen gesehen. Es spielte auch keine Rolle. Die Kontakte waren ohnehin praktisch zum Erliegen gekommen. Es war nicht so, dass er und seine Frau viele Bekannte gehabt hätten. Aber es gab doch die Frau im zweiten Stock, die oft freundlich grüsste, vor allem, wenn sie mit dem Sohn unterwegs gewesen waren, oder die laute Familie mit den vielen Kindern, die ihn als wohlwollenden Zuschauer ihrer meist nicht ganz erlaubten Spielereien schätzten. Als sich die politische Lage rundum verschlimmerte, hatte er den Eindruck, in ihren Gesichtern den leichten Ausdruck des Bedauerns zu sehen, ein unsichtbares Achselzucken, das erkennen lassen sollte, dass nicht sie es waren, die diese Leute an der Macht unterstützt hatten. Das Achselzucken wich später einem kaum mehr versteckten Befremden darüber, dass die Familie noch hier war. Als sein Sohn und seine Frau abreisten, glaubte er, eine gewisse Erleichterung zu erkennen, und wieder entdeckte er den Ausdruck des Bedauerns und der Freundlichkeit. Dieser verschwand erneut, als er nicht wie erwartet an einem der folgenden Tage nachreiste, sondern einfach blieb. Er blieb. Und die Nachbarn waren zunehmend befremdet, bis sein Bleiben schliesslich völliges Unverständnis auslöste und man ihn nach Möglichkeit mied. War eine Begegnung unausweichlich, so grüsste man unverständlich, wenn er grüsste, und man grüsste nicht, wenn er nicht grüsste. Also grüsste man sich nicht mehr. Ihm war das egal. Ob sie jetzt sein Weggehen mit Bedauern quittiert hätten, bezweifelte er. Er vermutete, dass sie zum Ausdruck gebracht hätten, dass er selbst schuld sei. Was auch zutraf.

Unangenehm angegangen wurde er eigentlich nie. Eine kleine Ausnahme bildete der Kranke aus dem Nachbarhaus. Was dem Kranken fehlte, wusste niemand. Er konnte kaum älter sein als er, sah aber viel älter aus. Er arbeitete nicht und betrank sich ab und zu. An einem solchen Abend fuhr ihn der Kranke an:

»Was machen Sie denn noch hier?«

»Ich wohne hier.«

»Ihnen fehlt wohl ein Licht«, sagte der Kranke. Er musste die Redewendung, dass jemandem ein Licht aufgeht, verdreht haben, anders ergab der Satz keinen Sinn. Sie sagten nichts mehr, starrten sich kurz an, dann ging jeder von ihnen nach Hause. Mehr gab es auch nicht zu sagen.

An seiner Arbeitsstelle waren die Erfahrungen ähnlich wie in seinem Haus. Als sich die Lage zuspitzte und alle dachten, er würde bald gehen, hörte er unverbindliche Freundlichkeiten. Als er länger als erwartet blieb, trat eines Morgens sein Chef ein und setzte zu einem Monolog an, den er gut einstudiert hatte:

»Sie haben hier wirklich glänzende Arbeit geleistet. Ich weiss, dass wir diese ruhigen Übergänge in den Gängen, das ist ja fast ein Wortspiel, ist mir gar nie aufgefallen, also das sanfte Schalten der Automatik, das waren im Wesentlichen Sie. Ich gebe zu, ich fand die Arbeit zuerst etwas übertrieben, das neue Getriebe beansprucht etwas mehr Platz und ist doch schwerer, aber das ist es mehr als wert. Ich bin auch sicher, dass die Getriebe kaum mehr verschleissen werden, dieses Ölbad können wir so fest verschliessen wie wir wollen, verschleissen, verschliessen, fast schon wieder ein Wortspiel, also auf jeden Fall, bei den nächsten Fahrzeugen können wir das Getriebe auch unzugänglicher platzieren, da muss wohl keiner mehr richtig ran. Ich bin wirklich begeistert, und wenn ich Ihnen das zu wenig gezeigt habe, dann sehen Sie es mir nach, Sie sollten keinesfalls an meiner Wertschätzung zweifeln, übrigens auch nicht an der Wertschätzung der ganzen Gründerfamilie. Sie sind einer unserer wenigen Ingenieure, die man mit Namen dort kennt. Und jung sind Sie auch.

Also Ihr Getriebe, wenn ich so sagen darf, ist jetzt bei unseren ausländischen Partnern. Es kann sein, dass sie vermehrt die Getriebeautomatik übernehmen und einbauen werden. Das wäre natürlich ein Erfolg, und für unser Unternehmen nicht nur wirtschaftlich, sondern auch für unser Ansehen von grosser Bedeutung. Davon hängt heute vieles, vielleicht zu vieles ab. Gerade in diesen schwierigen Zeiten. Sie wissen, dass wir seit der Aufteilung des Landes in unsere früheren Stammlande fast nichts mehr liefern können. Die internationalen Sanktionen machen die Sache nicht besser. Alles ist unsicher.«

»Ich ...«

»Nein, nein, sagen Sie nichts. Ich kenne und schätze Ihre Bescheidenheit. Was ich Ihnen sagen wollte, ist, dass Sie nach diesem Erfolg ein paar Monate Urlaub verdient haben. Wir zahlen Ihnen eine Prämie, die das abdecken sollte. Und natürlich bekommen Sie weiterhin den Lohn. Vervollständigen Sie noch zwei, drei Wochen lang die Dokumentation, wenn Sie schneller sind, ist das Ihre Urlaubszeit, ich weiss, wie sorgfältig Sie arbeiten, aber zwei, drei Wochen ist sicher ausreichend. Patentiert ist ja alles. Wir zahlen Ihren Lohn bis Ende September, also noch sechs Monate, ohne dass Sie arbeiten müssen. Sie können auch jetzt einen grösseren Betrag vorbeziehen, wenn Sie das für die Reise brauchen. Wenn Sie nicht mit so viel Geld reisen möchten und eine Überweisung ins Ausland wünschen, können wir das über unsere Partner veranlassen, wir verstehen, dass Sie vielleicht nicht allzu viel Bargeld auf sich tragen möchten, und es wird immer schwieriger mit den Transaktionen ins Ausland. Bis dann haben wir sicher die Rückmeldung unserer Partner, die das Getriebe jetzt testen wollen. Es mag sein, dass es noch kleinere Verbesserungen braucht. Sie können... Also, wir werden sehen. Wer weiss schon, was nach Ihrem Urlaub sein wird. Denken wir lieber an den Urlaub. Ihr Sohn geht noch nicht zur Schule, nicht wahr?«

Sein Vorgesetzter hatte das Gesagte bis zur Frage seiner Rückkehr flüssig vorgetragen, er glaubte, dass eine echte Wertschätzung in der Stimme des Vorgesetzten lag, vielleicht übertrieben, aber nicht unehrlich. Der Vorgesetzte hatte wirklich viel zu tun, es gab leider zahlreiche Probleme mit ihren Autos, so etwa bei den Scheinwerfern, und es war verständlich, dass er weder besondere Lust hatte, sich um Teile der Fahrzeuge zu kümmern, die eigentlich funktionierten, noch grosses Verständnis, dass man Funktionierendes verbessern musste. Aber sein Vorgesetzter war Ingenieur wie er, ein paar Jahre älter, wohl auch ehrgeiziger und im Unternehmen mit vielem beschäftigt, was über das Fachgebiet eines Ingenieurs hinausging, aber immer noch mit genug technischem Sachverstand, um eine echte Verbesserung als solche zu würdigen. Dass er gerade verabschiedet wurde, wenn auch sicherlich grosszügig, stand ausser Frage, und dass man nicht über seine Rückkehr sprechen würde, war ebenfalls klar.

Natürlich hätte er sich erkundigen können, ob es nicht allenfalls Arbeit für eines der ausländischen Partnerwerke gegeben hätte. Mit der Empfehlung seines Getriebes wäre dies wahrscheinlich möglich gewesen. Sein jetziger Arbeitgeber hätte zwar einen Verlust erlitten, aber den Verlust erlitt man ohnehin, und es wäre vielleicht auch ein Vorteil, ihn im Dienst des Partnerwerkes zu wissen, da er spätestens nach der wirklich grosszügigen Verabschiedung kaum einen Grund gehabt hätte, mit seinem Arbeitgeber unzufrieden zu sein. Dieser liess zwar alle unkompliziert ziehen, die gehen mussten, zahlte aber in der Regel nur das Gehalt bis zum letzten Arbeitstag.

Er fragte aber nicht, nicht an diesem Morgen, und auch nicht später, als er noch die aufgetragenen Arbeiten erledigte. Für ihn war es eine gute Art, zu gehen. Er arbeitete in den ersten Tagen wie üblich lange und hart, dann kam er in der zweiten Woche nur noch ungefähr einen halben Tag und in der dritten Woche vielleicht noch an zwei Tagen eine Stunde, um eine letzte, eigentlich unnötige Durchsicht der Dokumentation vorzunehmen. Dann kam er nicht mehr. Da niemand gesagt hatte, sein Arbeitsverhältnis sei beendet, musste er sich nicht verabschieden. Peinlichkeiten blieben damit allen erspart. Niemand beachtete sein Gehen am letzten Tag. Er hatte sein Büro nicht geräumt und war nicht mit Pappkartons oder Ähnlichem beladen, wie man in den letzten Monaten so viele von jenen gesehen hatte, die wie er verabschiedet worden waren.

Er nahm einen einzigen Gegenstand aus seinem Schreibtisch mit. Es war eine Eintrittskarte ins Naturkundemuseum. Darauf stand geschrieben: »Kompromiss unserer Welten? Donnerstag 15 Uhr?« Die Karte war von ihr.

Mit den Beamten fuhr er zum Sammelplatz. Dieser befand sich vor dem alten Tramdepot. In der Mitte des Platzes stand ein alter Bus. Der Bus war quer zu den Tramschienen geparkt und wirkte, als hätte er die Trams vertrieben, wie Freiwild, das sich bestenfalls noch im Depot verstecken konnte. In der Nähe stand ein junger Mann in einer Uniform, grauer Filz, mit unleserlichen gelben Kennzeichen, die vermutlich bereits zu warm war an diesem sonnigen Tag im Mai, obwohl es erst ungefähr zehn Uhr war. Der junge Mann trug gut sichtbar eine Schusswaffe. Bei den Beamten, die in Zivil erschienen waren, hatte er keine solche gesehen. Er vermutete aber, dass auch sie Schusswaffen trugen. Auf der Fahrt hin zum Sammelplatz war er hinten im Wagen mit dem älteren Beamten gesessen. Dessen Anzug hatte sich unter der Schulter etwas verformt, als dieser sich hingesetzt hatte. Auf der Fahrt hatten sie nicht gesprochen. Auch beim Aussteigen sprachen sie nicht. Es genügte eine Kopfbewegung in Richtung einer Gruppe Männer, vielleicht fünfzehn bis zwanzig, die ungefähr zwanzig Meter vom Bus entfernt standen. Einige rauchten.

Sein Koffer, der sich im Fond des Wagens befand, wurde nicht ausgeladen. Auch die anderen Männer hatten kein Gepäck, und in der Nähe des Busses war nichts zu sehen, sodass Nachfragen wohl unergiebig gewesen wäre.

Er gesellte sich zur Gruppe. Andeutungsweise machte er eine Kopfbewegung, die man als Gruss hätte verstehen können, erhielt aber keine Erwiderung. Gesprochen wurde nicht. Er fragte sich, wer sonst noch verhaftet worden war. Später, im Lager, kam er zum Schluss, dass man die Verhafteten in drei ungefähr gleich grosse Gruppen einteilen konnte: die Dummen, die Gierigen und die Seltsamen.

Zu den Dummen zählte er einen schweren Kerl, der kaum lesen konnte und sich vermutlich vor seiner Verhaftung mit Gelegenheitsarbeiten und kleinen Diebstählen über Wasser gehalten hatte. Dem Schweren war zuzugestehen, dass er wenig sprach und meist geduldig zuhörte. Gleiches konnte man von dem Verkäufer, der auch dumm war, leider nicht sagen. Der Verkäufer war geschwätzig. Er kannte den Verkäufer flüchtig von einem Geschäft in der Nähe seines Hauses, war aber froh, vom Verkäufer nicht erkannt zu werden. Der Verkäufer verstand nicht, weshalb er verhaftet worden war, was er in regelmässigen Abständen zu betonen pflegte. Er war im Übrigen auch der Erste, der vor dem Tramdepot zu sprechen begann und dort die Frage stellte, wie viele Leute wohl noch kommen würden, eine Frage, die von den anderen, die herumstanden, unbeantwortet blieb. Der Verkäufer wunderte sich sehr über seine Verhaftung, sah er sich doch vielmehr als einer, der für die Stadt eine Heldentat vollbracht hatte. Sinngemäss pflegte er Folgendes vorzutragen:

»Wissen Sie, das ganze Denkmal brannte. Brannte, obwohl es aus Stein war. Ich habe keine Ahnung, wie viel Benzin die darüber gegossen haben mussten. Vielleicht war es auch etwas anderes, es roch seltsam, ich dachte aber immer, es sei der angesengte Stein gewesen, der den Geruch ausmachte. Es war ein Höllenfeuer, wie bei einem Vulkanausbruch schossen Flammen in die Höhe. Natürlich habe ich den Brand nicht allein gelöscht, das ist schon klar, es war die ganze freiwillige Feuerwehr, aber ich war der Erste am Brand, habe die Hydranten vorbereitet, die Menge verscheucht, damit das Fahrzeug passieren konnte, und später die Befehle gegeben, auch wenn eigentlich ein junger Schnösel das Kommando gehabt hatte. Der Bürgermeister hat mir gedankt, geschrieben hat er ›wenigstens ein Held am Heldendenkmal, in dieser Zeit der lichtscheuen Kakerlaken‹, mit dem offiziellen Siegel der Stadt. Ich habe auch nie etwas gegen den Bürgermeister gesagt, auch nicht gegen seine Partei, einiges ist zwar etwas extrem, aber ich teile viele Ansichten.«

Letzteres sagte der Verkäufer teilweise nicht. Trotz seiner Dummheit schien ihm ab und zu einzufallen, dass seine politischen Ansichten unter den Gefangenen, milde gesagt, kaum auf Zustimmung stossen würden. Einmal sagte jemand aus dem Hintergrund auf die Erzählung des Verkäufers: »Dann ruf doch deinen Bürgermeister an.« Unterdrücktes tiefes Lachen. Die Bemerkung hatte die heilsame Wirkung, dass der Verkäufer eine Woche lang schwieg. Dann fing er wieder an.

Die einzig interessante Frage wäre eigentlich gewesen, was mit dem Brief des Bürgermeisters passiert war. Er fragte den Verkäufer aber nicht, da ihn weder die Antwort interessierte noch er daran glaubte, dass sich für den Verkäufer etwas geändert hätte. Die Volksgruppe war wichtiger als jede Heldentat.

Zu den Gierigen unter den Verhafteten zählte er den Devisenschieber. Er hatte ihn schon am Tramdepot gesehen. Der Devisenschieber war ein kleiner, blasser Mann, der seine Nervosität unterdrückte, was ihm am Tramdepot ganz gut gelang, später im Lager aber weniger, man sah ihn oft an seinen Nägeln kauen, wenn er sich unbeobachtet glaubte. Er hatte nicht herausgefunden, wie der Devisenschieber in diesen Zeiten noch Geld verdienen konnte; zu vermuten war eine Umgehung der Import- und Exportbeschränkungen, verbunden mit

Geldwechsel oder Wertsachenhandel, vielleicht auch mit Spitzeltätigkeit, oder alles zusammen. Gegenüber dem Devisenschieber nahm er sich in jedem Fall in Acht und beantwortete seine Fragen, was denn Ingenieure so verdienten, wie er denn vorgesorgt habe, wenn er hier wegkomme, ob es seiner Familie noch gut gehe und so weiter, so unverbindlich wie möglich, allerdings auch nicht unfreundlich. Mit den Gierigen suchte er nach Möglichkeit ein neutrales Verhältnis. Dies bedeutete aber nicht, dass er für den Devisenschieber irgendwelche Sympathien hegte, im Gegenteil. Er mochte den Devisenschieber nicht. Es war nicht so, dass Männer in Gefangenschaft ihre besten Seiten zeigten, aber der Devisenschieber übertraf doch einiges, was er sonst gesehen und gehört hatte. Einmal sagte der Devisenschieber zum Schweren, auf seiner Pritsche liegend und durchaus so, dass es andere hören konnten und hören durften:

»Sie haben gute Frauen, das muss man ihnen lassen. Wirklich gut, und laut, das mag ich. Die schreien, wenn sie's kriegen, die schreien, wenn sie's gerade noch nicht kriegen, die schreien, wenn man sie hart anfasst, die schreien, wenn sie's wollen, und die schreien, wenn sie's nicht wollen. Eine hat mal eine halbe Stunde geschrien, unterschiedlich, mit Nuancen, mal mehr am Stöhnen, mal mehr am Gebären, und vielleicht fast wie am Krepieren. Vielleicht schreien die auch lauter, als es sein müsste, vielleicht ist nicht alles echt. Das will ich herausfinden, wenn ich draussen bin. Ich weiss auch schon wie.«

Eine Kunstpause.

»Ich lasse sie eine halbe Stunde schreien, und wenn sie meint, es sei vorbei, dann nehme ich mein Ding, also nicht das, was du jetzt meinst, das wäre schon ausgeschossen, nein, das andere, eine handliche kleine Pistole. Die führe ich ihr kraftvoll ein, wenn's sein muss, zeige ich das Ding vorher, damit sie weiss, was läuft. Keine Ahnung, ob die den Stahl sonst von meinem anderen Ding unterscheiden könnte. Wie auch immer. Schreit sie dann wohl lauter? Na?«

Er machte wieder eine Pause und genoss die Aufmerksamkeit des Schweren und weiterer Zuhörer. Er fuhr fort: »Aber dann kommt das Beste. Ich drücke ab. Ich habe keine Ahnung, was dann passiert. Vielleicht verreckt sie sofort, ohne dass man was sieht, einfach zu viel gehabt, die Gute. Oder reicht ein Schuss gar nicht zu den lebenswichtigen Organen? Keine Ahnung, keine Ahnung, ob das Becken stört. Vielleicht gibt es auch einfach eine Schweinerei, im schlimmsten Fall platzt die. Aber wenn sie nicht gleich krepiert, lasse ich sie noch etwas schreien. Dann weiss ich definitiv, ob sie gleich schreit wie vorher.«

Es gab also gute Gründe, die Dummen und Seltsamen zu bevorzugen. Gelegentlich fragte er sich, ob er sich zu den Dummen oder doch eher zu den Seltsamen zählen musste. Gier hatte ihn nicht gehalten. Er hätte in der Tat rechtzeitig vor der Verhaftung gehen können. Er hatte nie an der Gefahr gezweifelt. Man musste bloss die Hetze in den Zeitungen lesen. Die eigene Volksgruppe, sofern noch nicht vertrieben, litt laut Zeitungen unter den Übergriffen der Feinde im Grenzgebiet. Wobei Feinde noch eher zu den neutraleren Begriffen gehörte. Oft musste meist das Tierreich herhalten, vorzugsweise aus dem Bereich der Schädlinge und des Ungeziefers. Seit dem Zweiten Weltkrieg hatte man sich begrifflich nicht weiterentwickelt. Die Bezeichnungen galten vor allem für die Brigaden von Saboteuren, die wie er im falschen Landesteil ausharrten und dort angeblich ihr Unwesen trieben, oft aber rechtzeitig unschädlich gemacht wurden, sei es von Sicherheitskräften, deren Teile und Unterteile immer komplexer wurden, sei es von heldenhaften

Bürgerinnen und Bürgern. Gerne wurde auch über Verbrechen und Vergehen berichtet, an denen sich der niedere Charakter der anderen Volksgruppe so trefflich darstellen liess. Die geschändeten Töchter der Heimat hätten ganze Nonnenklöster gefüllt, waren sie doch ausnahmslos jung, schön und keusch. Wobei die Geschichten nicht unbedingt unwahr sein mussten. Aber von der ganzen Wahrheit waren die Zeitungen weit entfernt.

Er mit seinem Namen stand eindeutig auf der falschen Seite. Nicht zu gehen war also dumm. Im Gespräch wirkte er allerdings normal, wie man eben als Gefangener wirken konnte, und offensichtliche Dummheit oder Seltsamkeit hätte man ihm nicht unterstellt. Es durfte wohl auch für die anderen Gefangenen nicht ganz einfach gewesen sein, ihn einzuordnen. Niemand hatte ihn gefragt, weshalb er nicht gegangen war. Er erwartete diese Frage aber auch nicht, weil es die Frage war, die sich jeder selbst hätte stellen müssen und vielleicht auch stellte. Sich aber selbst als dumm, gierig oder seltsam zu sehen, war nicht jedermanns Sache. Vielleicht war er am ehesten seltsam, ohne dass er wie einer sprach oder aussah. Er selbst unterhielt sich, wenn überhaupt, am liebsten mit den Seltsamen.

Einer der Seltsamen war der frühere Bibliothekar der Zentralbibliothek. Eigentlich war er ein alter Mann, der bis zuletzt dort gearbeitet hatte, obwohl er längst das Rentenalter hätte erreicht haben müssen. Er war vermutlich ein grosser, gut aussehender Mann gewesen, mit dichtem schlohweissem Haar und einer würdevollen, gleichzeitig gewinnenden Art, die eine Bibliothek, ein Amt oder eine Universität geschmückt hätte. Im Lager zerfiel er rasch, wobei nicht klar war, ob es die äusseren Bedingungen waren oder der Mangel an Büchern. Vielleicht war dies der Grund, weshalb er seine Bibliothek nicht verlassen hatte, vielleicht verliess er sich darauf, als offensichtlich harmlos zu gelten und überall respektiert zu sein. Gut möglich war, dass niemand den Mut gehabt hatte, ihm zu sagen, er müsse gehen. Jetzt hatte er auf jeden Fall von den politischen und militärischen Geschehnissen nur noch wirre Vorstellungen, und das meiste, was er sagte, war entweder repetitiv oder mitten im Gedanken abbrechend. Am ehesten noch konnte man ihm folgen, wenn er über Musik sprach, sein liebster Teil der Bibliothek waren die Handschriften der drei Nationalkomponisten und einige Zukäufe. Auch in der Musik waren seine Vorstellungen aber eigenwillig. Er sagte sinngemäss:

»Wenn Sie wirklich verstehen wollen, was hier geschieht, dann hören Sie die Siebte, Satz zwei. Beethoven natürlich, das dürfte Ihnen bekannt sein, sie sehen um einiges gebildeter aus als der Rest dieses Haufens. Aber hören Sie nur Furtwängler. Wissen Sie, Furtwängler hat es verstanden. Alle haben es verstanden, dort, 1943. Sie können diese Unerbittlichkeit nicht besser ausdrücken als in diesem Grundton. Ja, Unerbittlichkeit. Unerbittlichkeit in der Niederlage, die kommt. Kein Trost in diesem Ton, nur die Niederlage. Die Hauptmelodie erhebt sich nur leicht von diesem Grundton, und immer wieder wird sie zu dieser Linie gezogen, wird zurückgeworfen und verebbt in dieser Linie. Und es ist mir egal, was Furtwängler sonst noch gemacht oder nicht gemacht hat. Er hat es ihnen gesagt, 1943, denen an der Macht, allen, der ganzen Welt, deutlicher konnte man es nicht sagen, und nur ein Narr konnte es nicht hören!«

»Aber«, und es war mehr Eitelkeit als ernsthafte Erwartung eines Sinneswandels des Bibliothekars, die sprach, »aber gibt es nicht auch diese leichten, hoffnungsvolleren Passagen? Und die Dur-Passagen der anderen Sätze? Das warme Pathos in Satz eins?«

»Natürlich gibt es sie, natürlich. Aber es gibt sie nur völlig unabhängig von dem Hauptthema im zweiten, sie entstehen aus dem Nichts, aus dem Nichts, in welches das Hauptthema hinführt. Vorboten des Phönix, nichts weiter. Sie bestätigen die Unerbittlichkeit des Hauptthemas. Das Hauptthema aus dem zweiten wird Asche. Oder gibt es davon noch etwas im dritten oder vierten Satz? Nein? Das absolute Nichts. Das Grauen weicht dem Neuen. Asche. Kein Pathos. Nichts bleibt.«

»Nur, dass wir heute wissen, was man 1943 nicht wusste.« Es war ein weiterer Versuch, aber nur halbherzig vorgetragen.

»Ja, ja. Im Nachhinein weiss man, im Jetzt weiss man nie. Aber dort wusste man, und auch heute weiss, wer wissen will. Aber wer will schon wissen? Die Nachbarn, die den Mieter von unten nicht mehr sehen, weil er die falsche Sprache spricht? Wissen Sie ...«

Er brach ab. Seine Augen waren Beethoven. Siebte, Satz zwei. Man hätte noch fragen können, was eigentlich Beethoven gedacht hatte, als er diesen Satz schrieb. Diesen dunklen Satz. Der das Licht nicht entweichen liess. Diesen Gott der Dunkelheit.

Vor dem Bus

Wie lange sie genau vor dem Bus gestanden hatten, wusste er im Nachhinein nicht mehr genau zu sagen. Er wusste nur, dass ihm diese Wartezeit fast endlos vorkam, länger und endloser als die viele tote Zeit später im Lager. Man sprach nicht und wartete. Er bedauerte zum ersten Mal, dass er nicht rauchte, es wäre wenigstens eine Beschäftigung der Hände gewesen, die jetzt verschränkt in den Hosentaschen oder locker herabhängend überall im Weg schienen. Die Beamten waren schon lange weg. Neue Verhaftete kamen nicht mehr.

Er gehörte eigentlich zu denjenigen, die mit Warten keine Mühe hatten. Er erinnerte sich an seine Dienstzeit. Viele Kameraden hielten das Nichtstun nicht aus. Er genoss dagegen die Pausen. Wenn es möglich war, las er in kleinen zerfledderten Büchlein, die er unter den Militärkarten stets dabeihatte. Er las oft klassische Stücke, weil diese seiner Ansicht nach auf kleinstmöglichem Raum den dichtesten Inhalt boten; man musste auch nur eine Seite lesen, oft zweimal, bis man Sprache und Inhalt erfasst hatte. Dann konnte man wieder warten. Seine Kameraden, die lieber rannten und schwitzten, als sinnlose Pausen zu machen, verspottete er.

Beim Warten vor dem Tramdepot dachte er an sie. Aber ihr Bild passte schlecht zu diesem leeren Platz, den auch sie nicht zu füllen vermochte.

Hier fiel ihm das Warten schwer. Vielleicht verspürte er doch eine gewisse Unruhe im Hinblick auf das, was kam. Die Zeit verging nicht. Er überlegte, ob man sich hätte hinsetzen oder vielleicht schon im Bus hätte Platz nehmen können. Er fragte aber nicht, und auch sonst meldete sich niemand. Wohl hätte man sich, auch ohne zu fragen, hinsetzen können, das wäre sicher erlaubt gewesen. Der Boden war nicht besonders sauber, aber auch nicht wirklich schmutzig, und er erwartete zu Recht, dass später seine Kleidung noch viel schmutziger würde. Aber alle standen, und so stand auch er.

Eigentlich wäre es wohl eine der besten Möglichkeiten gewesen zu fliehen. Nicht einer allein, sondern alle zusammen. Zwar standen sie unbewaffnet in einer gewissen Entfernung zum Bewacher, aber wenn sie alle gleichzeitig weggelaufen wären, hätten sie den Platz vor dem Tramdepot wohl in weniger als zehn Sekunden überquert und wären in Deckung gewesen. Der Bewacher hätte vielleicht den einen oder anderen erschiessen können, aber sicher nicht alle. Er war allein, und wie rasch er hier am Tramdepot Hilfe erhalten hätte, war fraglich. Noch einfacher wäre vielleicht gewesen, den Bewacher zu überwältigen, wenn alle gleichzeitig auf ihn losgestürmt wären. Der Bewacher hätte wiederum vielleicht einen oder zwei erschiessen können, aber kaum mehr. Doch keiner der Verhafteten rührte sich. Wie hätte man sich auch absprechen können? Und wer wäre der Vorderste gewesen, der von einer Kugel getroffen worden wäre?

Er überlegte, ob er rennen sollte. Er sah sich vorwärtspreschen, von der Seite, sein Gesicht, das rasch schweissig wurde, den überlauten Atem, innerlich ein Pochen, von einer Kugel getroffen vorwärtstaumelnd. Stolpern, sterben. À bout de souffle. Bei diesem Gedanken spürte er keine Angst, aber die befremdeten Blicke der anderen, die auf ihm lasten würden. Er rannte nicht.

Nach langem Warten kam ein untersetzter Mann in einem Arbeitskittel. Er mochte wohl sonst im Tramdepot gearbeitet haben, auf jeden Fall kam er aus einer kleinen Tür des Depots. Er schritt zum Bus, öffnete die Tür, bestieg die erste Stufe, beugte sich hinein, schaute nach hinten und nach vorne und griff in ein Fach des Busses, nahm aber nichts heraus, zumindest nicht so, dass man aus der Entfernung etwas hätte erkennen können. Der Mann vom Tramdepot sagte etwas Unverständliches zum Bewacher, dieser nickte, dann ging er wieder. Die Tür des Busses war offen, der Bewacher setzte sich auf die unterste Stufe. Sie, die Verhafteten, standen weiter herum und warteten.

Einmal bog ein Wagen auf den Platz ein, fuhr ein Stück in ihre Richtung und hielt an. Der Wagen war jenem nicht unähnlich, in dem er zusammen mit den Beamten hergefahren war. Es war aber nicht das gleiche Modell und wohl ein paar Jahre älter. Die Insassen waren nicht zu erkennen. Der Bewacher beachtete den Wagen kaum. Die Verhafteten schauten zum Wagen, ohne zu offensichtlich ihre Neugier zu zeigen. Der Wagen mochte auf dem Platz vielleicht zwei, drei Minuten gestanden haben, der Motor lief. Dann fuhr der Wagen weg, zügig, aber nicht so schnell wie ein Polizeifahrzeug im Einsatz.

Es verging wieder eine Weile, bis der Mann aus dem Tramdepot zurückkehrte. Diesmal hatte er eine alte lederne Tasche dabei. Vielleicht war es eine Tasche, wie sie früher von den Schaffnern der Strassenbahnen verwendet wurde. Diesmal stieg der Mann ein und setzte sich ans Steuer. Der Bewacher schritt etwas vom Bus weg, seine Hand war jetzt recht nahe an der Pistole. Er wies die Verhafteten ungeduldig in den Bus, als wären sie es gewesen, die das Warten verschuldet hatten, ähnlich einer Reisegruppe, die deswegen träge ist, weil jeder um sich herum noch andere Gäste sieht, die ebenfalls noch nicht eingestiegen sind.

Sie stiegen ein und setzten sich. Es roch leicht säuerlich nach Erbrochenem und nach Reinigungsmittel, das reichlich, aber ohne grosse Überzeugung verwendet worden war. Der genaue Ort des Geruchs war nicht zu lokalisieren. Er war froh, dass sie nicht früher eingestiegen waren.

Der Bewacher machte eine Handbewegung, die bedeuten sollte, dass sie sich auf die hinteren Plätze zu setzen hatten. Das taten sie und füllten die Sitzreihen mit zwei mal zwei Sitzen so auf, dass jeder sich auf einen Fensterplatz setzte und neben sich einen Sitz freihielt. Platz hatte es genug. Als der Letzte eingestiegen war, folgte der Bewacher, hielt zwei Finger in die Höhe und sagte verärgert: »Zwei, zwei«, als wäre offensichtlich, was gemeint war, und machte seine Reisegruppe ihm einmal mehr unnötige Schwierigkeiten. Die Ersten begriffen, dass er wollte, dass sie nebeneinandersassen, damit der Raum zwischen ihm, der in der ersten Reihe sass, und ihnen grösser wurde. Sie füllten die Plätze auf, bis alle hinten sassen. Da er als Fünfter eingestiegen war, hatte er seinen Fensterplatz behalten. Neben ihn setzte sich ein Mann, der etwas älter war als er und wie ein gehobener Bankangestellter aussah. Er vermutete einen Gierigen, was sich später als zutreffend erweisen sollte, allerdings nicht so offensichtlich widerlich wie der Devisenschieber. Sein Sitznachbar hatte für die Regierung gearbeitet und sich für so unentbehrlich gehalten, dass er meinte, ihm könne nichts geschehen. Für ihn war die Flucht wohl auch nicht so einfach, da er zu bekannt war, um auf die andere Seite zu wechseln. Jetzt war es für ihn in jeder Hinsicht zu spät.

Der Bewacher sass in der ersten Sitzreihe mit dem Rücken ans Fenster gelehnt, sodass er die Verhafteten sehen konnte. Er hoffte, der Bewacher sass unbequem. Der Bus fuhr los.

Im Bus

Die Fahrt im Bus dauerte vielleicht drei Stunden. Sie fuhren in eine dünn besiedelte Gegend, deren Boden für die Landwirtschaft zu wenig hergab, die kaum Industriegebäude aufwies, weil von der Stadt nicht so rasch zu erreichen, und der es an Reiz für Besucher mangelte. Ab und zu sah man ein Gehöft mit etwas Vieh in der Nähe, mit alten Zäunen schlecht geschützt. Die Industriegebäude waren zum Teil verlassen. Sie wirkten wie nicht gehaltene Versprechen von den Bewohnern an die Unternehmen, dass man in dieser Gegend Geld verdienen konnte, und von den Unternehmen an die Bewohner, dass das Unternehmen Arbeitsplätze und Wohlstand brachte.

Der Begriff Hinterland wäre passend gewesen. Es war eine Gegend, die von jeder Seite betrachtet immer hinten lag. Sie lag hinter den Bergen, hinter dem Wald und hinter der Stadt. Sie wartete darauf, dass die Stadt grösser wurde und aufgrund der Ausdehnung näher heranrückte. Doch sie blieb weit weg und hinten.

Er kannte die Gegend schlecht. Die wenigen Ortsschilder hatten austauschbare Namen. Aus einem solchen Ort stammten die Eltern seiner Frau. Er dachte an zu schweres Essen und Schnaps, der ungeachtet der eingenommenen Menge am nächsten Morgen Kopfweh verursachte. Er dachte an Gespräche, die keine waren, und die Erleichterung, die er empfand, wenn er ausnahmsweise allein war, was selten der Fall war, da es keinen Grund gab, das Haus der Schwiegereltern zu verlassen. Einzig ein Verdauungsspaziergang zum Ententeich war ab und zu möglich, an dem er nie eine Ente gesehen hatte und der nach abgestorbenen Algen roch, aber immerhin etwas entfernt lag. Hatte er Glück, konnte er diesen Spaziergang so legen, dass niemand mitkam. Begleitete ihn seine Frau, konnte er sie wegschicken.

Das Haus der Schwiegereltern war alt, aber nicht schön, eigentlich wie alles, was seine Schwiegereltern besassen. Ihre Besitztümer waren von zeitloser Unansehnlichkeit. Er hatte sich damals gefragt, wovon die Leute hier lebten, und er fragte es sich wieder. Die ganze Gegend wirkte schmutzig, auch wenn er die Schmutzigkeit an nichts Bestimmtem festmachen konnte. Schmutzig war auf jeden Fall auch der Bus, in dem sie jetzt sassen. Von aussen hatte man weniger gut gesehen, dass die Fenster seit Langem nicht mehr gereinigt worden waren. Auf dem Boden des Busses lag Staub und etwas Erde von den vielen Schuhsohlen. Unrat lag nicht viel am Boden, aber doch genug, dass klar war, dass niemand die Absicht hatte, diesen wegzuräumen. Die Federung des Busses musste beim linken Hinterrad ausgeschlagen sein. Der Geruch nach Erbrochenem war nicht besser geworden, auch wenn der Fahrer vorne ein Fenster geöffnet hatte. Die Dachluke war geschlossen.

Was hätten seine Schwiegereltern jetzt gedacht, wenn sie ihn gesehen hätten? Er war immer die gute Partie der Tochter gewesen, mindestens zu besseren politischen Zeiten. Besser war allerdings nicht gut. Das, was man Land oder Heimat nannte, war immer schon zerstritten gewesen, oberflächlich übertüncht von einem gewissen wirtschaftlichen Fortschritt nach dem Krieg. Aber ein, zwei Generationen reichten nicht. Unter der dünnen Schicht eines zivilisierten Umgangs hatte der Teil seiner Schwiegereltern den Teil seiner Eltern nie gemocht. Und umgekehrt. Starke Politiker mochten noch zusammenhalten, was nicht zusammengehörte, wohl unter dem

Eindruck wahrer oder behaupteter äusserer Bedrohung, aber es war eine Frage der Zeit, bis Schwächere kamen, die bald schon von denen ersetzt wurden, die auf den Bruch setzten und durch den Bruch stark wurden. Anlass zum Streit gab es immer. Gebietsansprüche eigneten sich ganz besonders, da man in der Zeit nur genug zurückgehen musste, um mühelos den Besitz der eigenen und das Unrecht der anderen Volksgruppe zu belegen. Die Täter des Zweiten Weltkrieges waren die Opfer des Ersten. Oder früherer Kriege.

Dass die Menschen dumm waren, wusste jeder, der auch nur ein Wochenende mit seinen Schwiegereltern zugebracht hatte. Diese unterliessen zwar in seiner Gegenwart abschätzige Bemerkungen über seine Volksgruppe. Aber jede politische Aussage war Huldigung ihrer eigenen klugen Führer, die vielleicht etwas weit gingen, aber doch wenigstens etwas taten, und überhaupt sollte man nicht alles glauben, was gesagt wurde. Er, der Schwiegersohn, war zwar einer von den anderen, aber er war in Ordnung und beherrschte auch den Dialekt, den man hier sprach, war also dank seiner Grossmutter fast einer der ihrigen. Hier war man ja nicht so, man war offen und sah den Menschen. Wie dumpf und verlogen das alles war. Die Mechaniken von Ausgrenzung und Hass waren simpler als jedes Getriebe, das er je gebaut hatte. Das meiste geschah weitgehend automatisch und war vorhersehbar.

Die Mischung aus heuchlerischem Verständnis und aufdringlicher Unterwürfigkeit der Schwiegereltern war ihm derart zuwider gewesen, dass er schon lange darauf verzichtet hatte, sie zu besuchen, und nur noch seine Frau mit dem Sohn hinfuhr. Er hatte im Unternehmen viel zu tun. Er arbeitete an der Getriebeautomatik. Seine Frau wusste es besser, aber sie sagte nichts, was ihn ärgerte, wobei ihn auch geärgert hätte, wenn sie etwas gesagt hätte.

Jetzt hatte er seine Frau weggeschickt, weil sie seinen Namen trug. Seine Frau musste gehen, weil sie ihn geheiratet hatte. Hätte sie ihn verlassen, hätte sie bleiben können. Sie verliess ihn in Richtung des Gebiets, wo er eigentlich hingehörte. Reichlich seltsam. Seine Frau hatte sich mit dem Sohn von den Eltern noch verabschiedet. Worüber sie gesprochen hatte, wusste er nicht. Er hatte auch nicht danach gefragt.

Im Bus dachte er zum ersten Mal an die Zeit, die vor ihm lag. Ihm fiel der Koffer ein, den er nicht mehr hatte und kaum mehr bekommen würde. In seiner Hosentasche befand sich noch seine Brieftasche, in der nicht viel, aber doch genug Geld war, dass man sich in der Stadt Essen für mehrere Tage hätte kaufen können. Es war damit zu rechnen, dass man ihm sein Geld wegnehmen würde. Er griff deshalb nach der Brieftasche und nahm so unauffällig wie möglich drei Scheine heraus, die er unter den Einlagesohlen in seinen Schuhen verstecken wollte. Dabei tat er zunächst so, als würde er sich an den Knöcheln kratzen, und später, da das Verstecken der Scheine viel mehr Zeit als ein Kratzen in Anspruch nahm, als sei ihm etwas heruntergefallen. Er blickte erst wieder auf, als die drei Scheine in Sicherheit waren. Sein Kopf musste aufgrund des Vorbeugens rot geworden sein. Neben ihm schien sein Sitznachbar leicht spöttisch zu lächeln. Zum Bewacher schaute er erst nach einer Weile. Dieser schien unvermindert unzufrieden und gelangweilt.

Die Fahrt mit dem Bus endete vor einer Baracke. Diese befand sich im Innenhof einer alten Fabrik. Er dachte an eine Ziegelei, weil er rötlichen Staub sah, war sich aber nicht sicher. Die Baracke stand in der Ecke des Geländes und war hinten von zwei Seiten mit einem hohen Zaun und Stacheldraht umschlossen. Böcke mit Stacheldraht, die offenbar später hingestellt worden waren, bildeten um die Baracke einen Viertelkreis, in dessen Mitte ein Durchgang freigelassen worden war. Am Durchgang war ein Tisch aufgestellt, an dem ein Mann auf einem Stuhl sass. Stuhl und Tisch sahen aus, als seien sie einer Schule entliehen worden. Neben dem Mann am Tisch standen mit etwas Abstand je zur Rechten und zur Linken zwei Männer mit Maschinenpistolen. Alle drei Männer trugen ähnliche Uniformen wie der Bewacher im Bus, allerdings nicht solche, wie er sie von seiner Militärzeit her kannte. Die Kennzeichen waren ihm fremd, aber aus der Grösse schloss er, dass der Mann am Tisch der Vorgesetzte der anderen sein musste. Der Vorgesetzte hatte vor sich eine Mappe aus Karton, die das vergilbte Emblem der Regierungspartei trug. Hinter der Abschrankung in der Nähe der Baracke standen vielleicht sechzig Männer, deren Haare ungekämmt und lang und deren Kleider unterschiedlich zerschlissen waren, zerschlissener in jedem Fall als die Kleider der Ankommenden.

Die Verhafteten stellten sich ohne ausdrücklichen Befehl in einer Einerkolonne ein. Da er früh in den Bus eingestiegen war, gehörte er jetzt zu den Letzten. Vor ihm wartete sein Sitznachbar. Das Eintrittsprozedere bestand, wie er bei den Vordermännern feststellte, im Wesentlichen aus der Angabe des Namens und der Abgabe der Wertsachen. Von den etwa fünfzehn Männern vor ihm waren zwei durchsucht worden, einer musste sich bis auf die Unterhosen ausziehen, ohne dass klar geworden wäre, weshalb es gerade ihn traf. Wesentliches schien nicht gefunden geworden zu sein. Als er an der Reihe war, nannte er seinen Namen. Der Mann am Tisch strich seinen Namen, wie er vorher viele Namen von einer Liste gestrichen hatte. Das Streichen wurde unsorgfältig ausgeführt. Die Hälfte seines Nachnamens blieb ohne Streichung und war weiterhin gut lesbar. Er händigte dem Mann am Tisch seine Brieftasche aus. Der Mann leerte den Inhalt auf den Tisch und nahm das Geld, zählte es, oder tat zumindest so, und legte es in eine Kasse. Hinter dem durchgestrichenen Namen schrieb er etwas Unleserliches. Er schickte sich an, den Rest in der Brieftasche zusammen mit dieser in einen Korb zu werfen.

Auf dem Tisch lag auch die Eintrittskarte ins Naturkundemuseum, die er als Einziges von seinem Arbeitsplatz mitgenommen hatte und die seither in seiner Brieftasche steckte. Er legte den Zeigefinger auf die Karte und zog diese in seine Richtung des Tisches. Der Mann am Tisch unterbrach seine Arbeit und schaute auf. Sein Blick war mehr Verwunderung als Ärger. Er nahm die Karte an sich, las das Gedruckte und das Handgeschriebene, schüttelte leicht verächtlich den Kopf, legte die Karte zurück und wischte sie vom Tisch, wohl in der Absicht, dass sich sein Gegenüber nach der Karte bücken müsse. Die Karte stieg aber auf wie ein kleines Flugzeug, immer steiler, dann flatterte sie in Drehungen nach unten. Er musste an die Bernoulli-Gleichung der Strömungslehre denken und fing die Karte, allerdings mit einer linkischen Bewegung, sodass es aussah, als wolle er eine

Fliege totschlagen. Eine Wache an der Seite des Tisches schaute hin, jedoch nur für einen kurzen Moment.

Der Vorfall, den auch andere bemerkt haben mussten, war ihm unangenehm. Aber er war nicht bereit, die Eintrittskarte aufzugeben. Die Eintrittskarte war von ihr. Sie hatte damals den Besuch im Naturkundemuseum vorgeschlagen. Es war mehr als ein Vorschlag. Sie hatte nicht nur die Eintrittskarte schon gekauft, sondern hatte mit Bestimmtheit die Zeit festgelegt, auch wenn sie ihrer handschriftlichen Notiz »Donnerstag 15 Uhr« noch ein Fragezeichen angefügt hatte. Noch bemerkenswerter war die Notiz »Kompromiss unserer Welten«. Er hatte mit ihr viel und gerne gesprochen, das Gespräch verband sie, aber betraf selten sie beide. Ihre Welten hielten sie verschlossen. Das betraf einerseits ihre beruflichen Beschäftigungen. Sie erzählte als angehende Ärztin ab und zu von ihrer Tätigkeit im Spital und er vom Studium. Dies war mehr eine gegenseitige Information als ein Austausch. Am ehesten streiften sich ihre Welten, wenn sie über Theaterstücke sprachen. Sie mochte ihn gefragt haben:

»Weshalb beschäftigt dich die Tragik des Kreon eigentlich so sehr?«

»Er macht alles richtig und kann das Unheil doch nicht abwenden. Das ist die reinste Form, die Essenz einer Tragödie.«

Ob ihre eigenen Leben Tragödien kannten oder nicht, diskutierten sie dagegen nie. Umso erstaunlicher war deshalb ihre Notiz, die nicht nur von den Welten sprach, die es sonst zwischen ihnen nicht gab, sondern die einen möglichen Kompromiss darüber in Aussicht stellte. Natürlich stand Naturkunde in gewisser Weise auch zwischen ihren Berufswelten, aber er glaubte an eine weitere Bedeutung der Karte. Diesen Schluss zog er auch aus der scheinbaren Beiläufigkeit, mit dem sie ihm die Karte damals zugesteckt hatte. Sie hatten zufälligerweise am gleichen Tag einen Termin auf dem Steueramt, zeitlich nur leicht verschoben. Sie war vor ihm dran gewesen und vermutete ihn offenbar zu einer bestimmten Zeit im Vorraum. Dort holte sie ihren Mantel und steckte ihm die Karte zu, beiläufig, wenn auch offensichtlich geplant.

An den Besuch im Naturkundemuseum erinnerte er sich etwas weniger gerne. Vielleicht waren seine Erwartungen zu hoch gewesen.

Der Zeitungsverkäufer

Als er und die letzten Verhafteten den Durchgang ins Lager passiert hatten, löste sich aus der Gruppe der Gefangenen ein Mann. Er näherte sich ihnen, hob eine Zeitung in die Höhe und rief:

»Willkommen im Ferienheim. Wer will eine Zeitung kaufen?«

Alle im Lager nannten ihn den Zeitungsverkäufer. Er war unschwer der Kategorie der Seltsamen zuzuordnen. Allerdings waren die Bezeichnung des Lagers als Ferienheim und das Angebot einer alten Zeitung genau genommen weniger seltsam, als es den Ankommenden im ersten Moment erscheinen musste.

Es mochte in der Tat sein, dass das Gebäude vor vielleicht sechzig, siebzig Jahren als Ferienheim für Kinder genutzt worden war. Die Ziegelei wurde danach gebaut und übernahm das Heim als Schlafplatz für die Bauarbeiter, später vielleicht auch für die Belegschaft. Er konnte sich kaum vorstellen, dass Kinder oder Arbeiter in diesem Heim glücklich gewesen waren.

Ferienheim nannten es aber auch die Gefangenen, die aus irgendwelchen Gründen aus den entlegeneren Gegenden in das Lager überführt worden waren. Sie sagten etwa:

»Ihr habt eine Stunde lang fliessend Wasser. Fliessend Wasser, verstehst du? Und ihr bekommt regelmässig zu essen. Die Wachen schlagen nicht, mindestens nicht ohne Grund.«

Dies alles traf zu. Essen gab es tatsächlich fast jeden Tag. Oft waren es abgelaufene, aber mehrheitlich essbare Vorräte aus alten Armeebeständen. Ab und zu gab es eine Suppe mit undefinierbarem Inhalt, vermutlich Gemüseabfälle. Sie wurde in einem grossen Armeebehälter gereicht, zusammen mit zerbeultem Schöpfgeschirr. Der Topf mit der Suppe wurde nicht gereinigt, sondern vermutlich nach Gebrauch einfach gut verschlossen. Das Schöpfgeschirr mussten die Gefangenen waschen und zurückgeben, die Wachen waren diesbezüglich viel aufmerksamer als sonst. Zur Verfügung stand ein einziger Wasserhahn, der seitlich am Gebäude angebracht war. Diesen konnte man offenbar von der Ziegelei aus an- und abstellen, und der Hahn wurde jeweils für die Dauer des Essens während einer Stunde angestellt. Das war das fliessende Wasser ihres Lagers.

Die Wachen schlugen wenig, und wenn, mehr aus dem Affekt heraus als aus innerem Bedürfnis. Vielleicht fehlte ihnen das Selbstvertrauen, da sie zwar bewaffnet, aber doch nur gut fünf Mann waren, die über hundert Gefangene zu bewachen hatten. Sie blieben, wenn immer möglich, in sicherem Abstand zu den Gefangenen. Es mochte auch sein, dass in der Nähe zur Stadt die Umgangsformen ziviler waren. Andere Gefangene berichteten von Übergriffen in Lagern, die tief in der Provinz lagen. Ab und zu besuchten dort offenbar Bauern die Gefangenenlager, was von den Bewachern zum Teil unterbunden wurde, zum Teil aber auch nicht, vor allem dann, wenn die Bauern den Bewachern Wurst, Käse und Wein mitbrachten.

Einer der Gefangenen, ein Seltsamer, zeigte gerne den Durchstich einer Heugabel im Oberschenkel. »Für eine Zigarette kannst du den kleinen Finger so weit hineinstecken, bis er verschwindet«, bot er an. »Drei Zigaretten, wenn du es von beiden Seiten machen willst.« Er ergänzte: »Glück habe ich gehabt, dass der Bauer die Gabel netterweise vorher gut gereinigt hatte, offenbar nur für mich. Nicht auszudenken, wenn er eine Mistgabel verwendet hätte.«

Das Angebot blieb jeweils ungenutzt, und ob die Geschichte stimmte, wusste man nicht. Glaubhaft waren die Übergriffe der Bauern. Diese fanden schon statt, als die Verhaftungen noch nicht angefangen hatten. Es war kaum zu erwarten, dass die Bauern in der Zwischenzeit friedlicher geworden waren.

Die Bewacher hier im Lager schlugen jedenfalls nicht. Dem Verkäufer mit dem Brief des Bürgermeisters fehlte eines Morgens ein Zahn, seine Lippe war gesprungen, aber das konnten genauso gut die anderen Gefangenen gewesen sein. Ein Schuss fiel nur einmal in der Nacht, und es war am nächsten Morgen nicht festzustellen, was der Grund dafür gewesen war. Es schien, als wollten die Wachen jeden unnötigen Kontakt vermeiden. Schläge hätten Nähe bedeutet.

Die Bedeutung der Zeitung erkannte er, als er das erste Mal die Latrine aufsuchte.

Die Gefangenen musterten die Verhafteten. Die Verhafteten musterten die Gefangenen. Ein Verhafteter kannte einen Gefangenen. Sie waren vielleicht Freunde. Auf jeden Fall sagte der Verhaftete:

»Na, viel besser als ich scheinst du es auch nicht gemacht zu haben.«

»Ich habe aber auch nicht deine Möglichkeiten. Und überhaupt siehst du aus, als wärst du schon länger hier als ich«, sagte der Gefangene.

»Dir fehlt offensichtlich ein Spiegel«, lachte der Verhaftete.

»Das stimmt«, lachte auch der Gefangene, »du kannst meine Pritsche haben, wenn ich sie nicht brauche.«

Beide waren, wie sich herausstellte, Gierige, aber von der besseren Sorte. Sie gehörten später zu seinen bevorzugten Handelspartnern. Ihr kleiner Dialog bewirkte eine allgemeine Aufgeräumtheit der Menge, und die Stimmung kippte ins Gute. Er kannte Ähnliches aus seiner Dienstzeit. Er hatte einmal nach einem langen Marsch seinem Trupp eine Tafel Schokolade verteilen lassen. Die Leute waren müde, er hatte viel von ihnen verlangt. Er stand ein weiteres Mal vor sie hin. Sie erwarteten die nächste Schinderei, und ihr Gesichtsausdruck sagte wenig Gutes. Er schaute sie scharf an und schrie im besten Befehlston: »Schokoladenstopp.« Nach der ersten Verwunderung griffen alle begeistert zu, und noch Jahre später erinnerten sie ihn an diese Begebenheit. Er war stolz auf diese Geste, die ihm damals zufällig in den Sinn gekommen war. Sein Schokoladenstopp wurde von anderen kopiert, jedoch ohne vergleichbare Wirkung. Er selbst war klug genug, die Geste nie mehr zu wiederholen. Es gibt Dinge im Leben, die man nur einmal tun kann. Man kann sie auch verpassen.

In diesem Lager schien weniger als eine Schokolade zu genügen.

Man besichtigte gemeinsam das Ferienheim, einige Erklärungen wurden abgegeben. Natürlich hatte es zu wenig Pritschen, und alle Pritschen waren besetzt. Wolldecken waren noch zu haben, aber nur gegen Bezahlung. Das milde Wetter und die Erwartung des Sommers hatten ihren Preis deutlich sinken lassen.

Das Leben im Lager war eine seltsame Mischung aus festen Regeln, Anarchie und Tauschhandel. Wesentlich waren Körperkraft und Geld. Die Schwachen bekamen weniger oder nichts zu essen, wenn den Gefangenen einfach Lebensmittel zugeworfen wurden. Man liess sie aber zur Suppe. Und am Wasserhahn hatte sich eine seltsame Form strenger Gleichheit durchgesetzt. Jeder musste den Hahn nach dreissig Sekunden freigeben, und tat er es nicht, begann die Menge erst halblaut, dann laut »dreissig« zu rufen, sodass auch der Kräftigste den Platz räumte. Waren alle an der Reihe gewesen, erfolgte die zweite Verteilung nach Körperkraft, bis die Wachen das Wasser abstellten.

Diebstahl und Übergriffe kamen vor, aber nur dann, wenn der Stärkere sich sicher war, dass das Gefälle gross genug war und ihm nichts geschehen konnte. Beherrschende Gruppen, die es offenbar in anderen Lagern gab, bildeten sich bei ihnen nicht oder mindestens nicht so, dass sie die Geschicke der Gefangenen massgeblich bestimmen konnten. Dies mochte damit zusammenhängen, dass es in ihrem Lager recht viele Wechsel gab.

Ihm wurde während seines Lageraufenthalts nie etwas

gestohlen. Seine Schuhe mit den Geldscheinen zog er allerdings nicht aus, und er zog die Schnürsenkel so fest, dass am Morgen die Füsse taub waren. Hatte er Zigaretten, die er zwar nicht rauchte, aber als Tauschmittel verwendete, platzierte er sie so, dass er fast auf ihnen lag und man ihn aus seiner Wolldecke hätte auswickeln müssen, hätte man sie ihm im Schlaf wegnehmen wollen. Mit weniger als vierzig Jahren war er auch noch einigermassen jung und kräftig, sodass auch die Stärkeren nicht Streit mit ihm suchten, auch wenn sie klarmachten, dass sie stärker waren. Vielleicht profitierte er dabei von der Tatsache, dass ihn auch die Stärkeren nicht ohne Weiteres einschätzen konnten, weil seine Anwesenheit im Lager weniger klar war als die vieler anderer. Kam er an Essen, gab er den Stärkeren, wenn sie ihn bedrohten, nie mehr als die Hälfte. Dies schien zu genügen. Schwächeren riss er ab und zu etwas weg.

Der Rest war Handel. Seine Geldscheine, die er beim Eintritt ins Lager geschmuggelt hatte, waren als Einheit zu gross. Sie hatten an Wert verloren, wenn auch nicht übermässig. Mit dem Geld konnte man sich hier noch ungefähr die Hälfte an Zigaretten kaufen, die man in der Stadt erhalten hätte. Zigaretten leisteten gute Dienste, wenn man wirklich hungrig war, wenn man eine Wolldecke brauchte, wenn man eine alte Zeitung wollte, die dem Zeitungsverkäufer irgendwie nie auszugehen schienen, oder wenn man sich für eine Nacht eine Pritsche gönnen wollte. Essensrationen waren vorhanden, aber knapp und teuer. Man konnte auch zu jeder Zeit trinken, wenn man dafür bezahlte. Die wenigen, die eine Trinkflasche hatten, machten gute Geschäfte. Am Morgen war das Wasser billiger als am Vorabend, und der Preis reagierte sensibel auf die Aussentemperatur. Das Geschäftsmodell der Trinkflaschen wurde allerdings nachhaltig beeinträchtigt, als die Wachen begannen, an heissen Tagen den Wasserhahn zweimal am Tag anzustellen.

Für seine guten Kleider wurde ihm einiges angeboten. Eitelkeit schien auch im Lager nicht zu vergehen. Er zögerte zunächst, besann sich dann aber, dass der Wert seiner Kleider rasch abnehmen würde und er jetzt handeln musste. Er tauschte zu guten Konditionen sein Hemd gegen ein abgetragenes, speckiges, das aber, davon hatte er sich vorher sorgfältig überzeugt, auf der Haut nicht kratzte. Etwas Geld verbrauchte er für zusätzliches Essen und Zeitungen, bis sich sein Körper an die Diät im Lager gewöhnt hatte. Nach ungefähr drei Wochen besass er ungefähr so viele kleine Scheine und Zigaretten, die dem Wert des Geldes entsprachen, das er in seinem Schuh ins Lager hatte schmuggeln können.

Neben den Kleidern besass er noch seine Uhr, die ihm beim Eintritt nicht abgenommen worden war, vielleicht weil der Vorgesetzte am Tisch durch den Vorfall mit der Museumskarte abgelenkt worden war, vielleicht weil das Glas der Uhr zerkratzt war und das Lederband schäbig wirkte. Die Uhr war ein altes mechanisches Modell eines Werkes mit grossem Namen, das es inzwischen nicht mehr gab. Er hatte die Uhr von seinem Grossvater geerbt und wusste, dass solche Uhren heute gesucht waren. Er erkundete den Wert bei seinen Händlern. Diese lobten die Qualität der Uhr und machten ihm Komplimente, bedauerten aber, dass man ein solches Stück im Lager kaum absetzen konnte. Er konnte damit rechnen, für die Uhr nochmals so viel zu bekommen, wie er an Bargeld ins Lager hatte schmuggeln können. Also nicht viel.

Es waren seltsamerweise diese wirtschaftlichen Überlegungen, die zum ersten Mal Angst in ihm aufsteigen liessen. Er fürchtete sich nicht vor seinen Bewachern und was sie mit ihm vorhatten, er fürchtete, im Lager kein

Geld mehr zu haben. Vielleicht würde er sich noch eine Weile mit Versprechungen und Borgen über Wasser halten können, aber das wäre bloss eine kurze Verlängerung einer unvermeidlichen Frist gewesen. Er sah keine Aussicht auf neue Einnahmequellen. Geld und Zigaretten waren die letzten seiner Handelsgüter, und sie verringerten sich unwiederbringlich. Bei gleichbleibenden Verhältnissen und haushälterischem Umgang konnte er den Sommer überstehen, mehr nicht. Dann würde er nichts mehr haben.

Sein Schlafplatz befand sich in der Nähe der Treppe zum oberen Schlafsaal. Der Platz war gut, weil in der Nacht niemand über ihn klettern musste und er sich relativ frei von diesem Ort wegbewegen konnte. Der Platz war schlecht, weil sich alle Ausdünstungen aller Anwesenden hier konzentrierten. Es roch stickig, auch wenn den ganzen Tag die Türen und Fenster des Ferienheims offen gewesen waren. Der Boden hatte eine Kälte, die eigentlich mit Blick auf den kommenden Sommer hätte wohltuend sein müssen, aber auch an heissen Tagen unangenehm war und in der Nacht den Schlafenden in die Glieder fuhr.

In der Nacht war es so dunkel, dass auch die der Dunkelheit angepassten Augen nichts sehen konnten. Er hörte in der Nacht die Geräusche vieler Männer, aber das kannte er aus seiner Dienstzeit, das machte ihm nichts aus. Einige Männer taten, was Männer ohne Frauen taten, aber das war ihm egal. Er roch den Gestank der Männer und gewöhnte sich daran. Er roch überdies seinen eigenen Körper je länger je mehr, und dieser Geruch überlagerte wohltuend den Rest der Ausdünstungen. Er fand es seltsam, dass es immer nur der strenge Geruch der anderen war, der störte. Vielleicht half gerade das, Distanz zu halten.

An die Dunkelheit konnte er sich dagegen nur mit Mühe gewöhnen. Eigentlich schlief er gut in der Dunkelheit. Er hatte seiner Frau früher nicht erlaubt, die Fenster im Sommer zu öffnen, um frische Luft zu haben, wenn dies zur Folge hatte, dass am Morgen mehr Licht ins Zimmer fiel. Aber die Dunkelheit im Ferienheim war an der Stelle, an der er schlief, so vollkommen, dass sie ihn irritierte. Es spielte keine Rolle, ob er die Augen öffnete oder schloss. Was er sah, war immer das Gleiche. Es war auch nicht einfach Dunkelheit, die ihn umgab, sondern er sah Farben, die wild tanzten und kein Bild zu formen vermochten. Seine Augen waren, ob offen oder geschlossen, unruhig, in Erwartung eines Gegenstandes, der nie erschien. Natürlich wusste er aufgrund seiner Ausbildung, dass es falsch war, sich Dunkelheit als Schwärze vorzustellen. Schwarz war nicht mehr als eine vollständige Absorption von Lichtwellen. Aber diese Dunkelheit hier bewegte sich und lebte.

Er versuchte, der Dunkelheit ein Bild von ihr entgegenzusetzen. Das gelang ihm leidlich. Er sah ihre dunkelblonden Haare, die sie immer gleich lang trug und die mit ihren Schultern spielten. Ihre Haare wurden grösser. Sie bewegten sich sanft, und die Dunkelheit beruhigte sich. Er glitt in ihr Haar. Er liess sich treiben in einem Strom der Wärme. Aber seine Augen konnten ihre Haare nicht beliebig lange festhalten. Er konnte meist nicht verhindern, dass ihre Haare in ein Meer unruhiger, farbiger Punkte zerfielen. Es gelang ihm gelegentlich, in ihrem Haar einzuschlafen. Er hatte es nur einmal gerochen, aber er würde diesen Duft nicht vergessen.

Im Lager gab es Licht, aber das Licht war an der falschen Stelle. Es beleuchtete die Absperrungen des Lagers. Je näher man zum Ferienheim kam, desto dunkler wurde es. Das Haus lag im Zentrum der Dunkelheit, und innerhalb des Hauses lag er am dunkelsten Ort.

Wenn er in der Nacht nicht schlafen konnte, dachte er an sie, er dachte an die Getriebe, die er gebaut hatte, und er dachte an die Berge, in denen er nicht oft, aber gerne wandern gegangen war. Die Gedanken an sie und ihr Haar waren ihm am liebsten, er wurde davon weniger müde, als wenn er an Getriebe und Berge dachte. War sie in seinen Gedanken, so sah er sie oft an dem Ort, an dem er sie zum ersten Mal als Frau wahrgenommen hatte. Sie waren jung, Mitte zwanzig. Er war gerade auf einen Heimurlaub in die Stadt zurückgekommen und war guter Dinge, weil er in der vorangegangenen Woche ohne grosse Mühe die Eignungsprüfung als Offizier bestanden hatte. Es war keine Überraschung, und viele Akademiker wurden Offiziere, aber der alte Major hatte ihn persönlich rufen lassen und gesagt:

»Viele von uns sind träge geworden in dieser Zeit, Sie sind es nicht. Ich habe wenige Unteroffiziere gesehen, an denen ich Freude hatte. Sie gehören dazu. Bleiben Sie so!«

Er sagte danke, laut und zackig, und der Major, der vielleicht schon mehr gesagt hatte, als er sagen wollte, stand auf, sodass sein Gegenüber Achtung annahm. Der Major winkte ab und entliess ihn.

Auf dem Heimweg war er guter Dinge. Er kam an einem Antiquitätengeschäft vorbei, in dessen Auslage mehr Trödel als Antiquitäten zu finden waren. Er warf einen Blick ins Schaufenster und sah sie vor einem grossen Leuchter stehen. Sie kannten sich aus der Grundschule. Sie mochten elf gewesen sein, er wusste nur noch, dass er sie mit ihrem Dialekt aus den Bergen geneckt hatte, den sie damals noch ausgeprägt gesprochen hatte. Da seine Grossmutter aus einem ähnlichen Dorf stammte, fiel es ihm nicht schwer, sie treffend nachzumachen. Er tat es aber meist nur, wenn sie zu zweit waren, etwa beim Trinken am Brunnen, und sie pflegte entweder zu erröten und zu lächeln, oder wenn er es zu weit trieb, ihn zu kneifen. Später verloren sich ihre Wege.

Jetzt sah er sie und lief an ihr vorüber. Einige Schritte

weiter blieb er stehen. Er zögerte und ging nochmals ein paar Schritte. Dann blieb er wieder stehen, und bevor er nachdachte, was er tun wollte, kehrte er um und betrat das Geschäft. Sie stand mit einer Verkäuferin vor einem grossen Leuchter. Als er eintrat, blickte sie zu ihm hin, stutzte kurz, schien ihn aber sofort wiederzuerkennen. Er sagte:

»Wir waren doch zusammen auf der Schule? Ich habe dich von draussen gesehen.«

»Ja, das stimmt«, sagte sie.

»Was machst du hier?«, fragte er und wusste sofort, dass ihn das nichts anging.

»Ich möchte einen Leuchter kaufen.«

»Er ist gross.«

»Ja, aber er gefällt mir.«

Sie schaute zurück zur Verkäuferin, die aufgrund der Störung bereits etwas säuerlich blickte. Es mochte aber sein, dass die Verkäuferin nur so blicken konnte. Sie war nicht viel älter als sie beide, hatte aber schon mehr Patina als viele ihrer Objekte angesetzt. Sie trug altmodische Kleider und war hager. Andere Kunden ausser ihnen gab es nicht im Geschäft.

»Er ist schön«, sagte er.

Es folgten weitere Erörterungen zum Leuchter, wobei ein seltsames Gespräch zu dritt entstand. Er sprach nicht mit der Verkäuferin und sie nicht mit ihm, seine Bekannte jedoch sprach abwechselnd mit der Verkäuferin und mit ihm. Man kam zum Preis. Die Verkäuferin nannte einen Preis, der ihm hoch schien, und er richtete sich zum ersten Mal an die Verkäuferin:

»Wer kauft heute noch einen solchen Leuchter? Und überhaupt, Ihrem Geschäft würde etwas mehr Platz guttun.«

Er lachte. Die Verkäuferin sah nun ernsthaft verstimmt

aus. Man einigte sich auf einen deutlich tieferen Preis, dem die Verkäuferin vielleicht nur deswegen zustimmte, weil sie die Kundschaft endgültig aus dem Geschäft haben wollte.

Es stellte sich die Frage des Transports. Die Verkäuferin nannte wiederum einen Preis, den er zu hoch fand, und er vermutete, die Verkäuferin wolle mit dem Transport doch noch ein gutes Geschäft machen. Er sagte:

»Wir nehmen ihn gleich mit.«

Der Leuchter war zwar schwer, aber er hätte ihn gut tragen können, wäre da nicht noch seine Militärausrüstung gewesen. Kaum draussen, setzte leichter Schneefall ein. Der Winter hatte sich überraschend zurückgemeldet, obwohl es eigentlich schon fast Frühling war. Er trug den Leuchter, und zusammen schleppten sie seine Militärausrüstung.

Ihre Hände berührten sich gelegentlich. Ihre Hand war rot von der Kälte, ihr Gesicht rot von der Anstrengung. Sie lachten. Er musste ausgesehen haben wie ein Plünderer, sie wie eine Kurtisane, die dem Schlachttross folgte. Später nannten sie diesen Weg zu ihr den Russlandfeldzug, waren doch Napoleons Truppen zu Beginn der Abreise aus Moskau ebenfalls noch mit Wertgegenständen beladen gewesen. Die Wertgegenstände mussten die Soldaten im Laufe des Rückzugs wegwerfen. Die meisten Soldaten erfroren oder wurden getötet.

Ihr Feldzug endete dagegen glücklich vor dem Haus ihrer Eltern. Sie zögerte, ob sie ihn den Leuchter sollte hochtragen lassen, entschied sich aber rasch dafür. Ihrer Mutter stellte sie ihn mit Namen vor und erzählte, dass er so nett gewesen sei, den Leuchter zu tragen. Die Mutter schien etwas verwirrt, fragte, ob er mit ihnen essen wolle, was er mit dem Hinweis ablehnte, er werde erwartet. Sie brachte ihn nach unten.

Sie bedankte sich nochmals, er sagte, er habe selten eine Arbeit so gerne gemacht wie diese. Er überlegte, ob er sie wohl küssen sollte. Sie kannten sich eigentlich erst wenige Stunden. Er küsste sie nicht und ging. Wenn er an diesen Moment zurückdachte, fiel ihm das Einschlafen schwer.

Ein paar Tage nach seiner Ankunft im Lager hielt ein schwerer Lastwagen vor dem Eingang. Die Erfahreneren unter den Gefangenen schauten misstrauisch und wurden unruhig. Sie liessen sich unauffällig in Richtung des Lagerhauses zurückfallen. Die Neueren wie er schauten mit Interesse und standen näher am Ausgang des Lagers. Die Wachen winkten die Vordersten einzeln zum Lastwagen. Weshalb bestimmte Gefangene ausgewählt wurden, andere nicht, wurde ihm nicht klar.

Der Lastwagen wurde so beladen, wie er es von seiner Dienstzeit her kannte. Die Männer hockten in Viererreihen auf der Ladefläche und zogen die Beine an, sodass jeder die Beine des Hintermannes als Rückenstütze benutzen konnte. Der Lastwagen wurde gut verschlossen, sodass praktisch kein Licht ins Innere drang. Von der Fahrerkabine aus schaute eine der Wachen durch eine Luke nach hinten.

Der Lastwagen fuhr an. Der Fahrer war offensichtlich nicht besonders erfahren. Immer wieder ging während der Fahrt ein Ruck durch das Fahrzeug. Er selbst hatte als Offizier Untergebene auf solchen Lastwagen ausgebildet. Fahrstunden bei ihm waren gefürchtet. Er tadelte die Bauern, die meinten, sie sässen auf einem Traktor, und die schon zufrieden waren, wenn ihr Fahrzeug notdürftig über die Piste holperte. Er tadelte die ungeduldigen Städter, die meinten, sie lenkten einen Sportwagen, und nicht verstanden, dass ein schweres Fahrzeug die Befehle weiter im Voraus benötigte und man bei jedem Befehl schon an den nächsten denken musste. Als er Offizier wurde, fuhr er nur noch selten im Lastwagen, was er bedauerte. Jetzt sass er wieder in einem Lastwagen, allerdings nicht so, wie er es sich gewünscht hätte.

Die Fahrt dauerte vielleicht eine Stunde. Am Ende wurde das Holpern des Lastwagens stärker; sie waren offenbar auf einen Feldweg eingebogen. Als sie ausstiegen, blendete sie das Tageslicht. Zuerst sah er nur Schaufeln, die herumlagen, und einige Vertiefungen. Er dachte an Gräber.

Er fühlte sich müde, aber auch erleichtert. Ihm fiel der Beginn der »Winterreise« von Schubert ein. Fremd bin ich eingezogen, fremd zieh ich wieder aus. Er kannte den weiteren Text der »Winterreise« kaum, die Lieder fand er zu anstrengend. Aber das hatte für ihn nie eine Rolle gespielt. Es war dieser eine Satz, der ihn tröstete, wenn er traurig war. Der Satz zu Beginn umrahmt eine Geschichte, vielleicht ein Leben. Er nahm sich vor, an diesen Satz zu denken, wenn sie schiessen würden. In seinen Ohren würde diese Musik erklingen, immer und immer wieder, wie eine Schallplatte mit einem Sprung. Die Musik würde lauter werden, und er würde nichts hören und nichts fühlen. Neben der Musik würde er sich darauf konzentrieren, als Letztes ihr Gesicht vor seinem inneren Auge zu haben.

Aber er täuschte sich. Es waren keine Gräber. Sie bauten an einer Strasse, allerdings mit wenig brauchbarem Gerät. Er zweifelte daran, dass die Bewacher klare Vorstellungen hatten, wie man eine Strasse baut. Die Gefangenen wühlten Staub auf, verschoben Steine, aber ein Vorankommen war schwer zu erkennen. Material zum Bau einer Strasse sah er nicht. An diesem Tag und auch an den folgenden Tagen gab es kaum Fahrzeuge, die an ihnen vorbeifahren wollten. Es war zwar denkbar, dass irgendwo Schilder die Strasse sperrten, aber er bezweifelte es, da der Lastwagen jeweils ohne Halt zur Baustelle fuhr, den man benötigt hätte, um Schilder zur Seite zu rücken.

Im Gegensatz zu den Wachen waren die Gefangenen nicht unglücklich über die Abwechslung. Ihm war es ziemlich egal, ob er an der Strasse baute oder im Lager blieb. Die Tage waren noch nicht wirklich heiss, und schlechtes Wetter gab es kaum. Da bei der Arbeit oft viele herumstanden, weil es zu wenig Schaufeln hatte, dauerten die Pausen lange.

Einmal erschien ein Beamter auf der Baustelle. Er wirkte unzufrieden. Er schaute auf die Strasse, schaute auf die Steine, schaute dann in die Ferne und verharrte in dieser Position so lange, dass auch die Gefangenen ihre Arbeit kurz unterbrachen oder doch wenigstens verlangsamten und hinsahen. Der Beamte gab den Wachen Befehle, welche die Gefangenen nicht verstanden. Dann verschwand er wieder in einem alten Dienstwagen. An ihrer Arbeit änderte sich nach diesem Besuch nichts.

Auf der Baustelle sprachen die Gefangenen in den Pausen mehr als im Lager. Woran das lag, wusste er nicht. Doch die Gespräche waren hier nicht besser. Sie drehten sich oft um das, was draussen geschah, was insofern seltsam war, da sie keinen Kontakt mehr zur Aussenwelt hatten. Viele erzählten von dem, was sie erlebt hatten. Dabei war schwer, Wahres von Unwahrem, Ausgeschmücktes von Tatsächlichem zu unterscheiden. Böse und schlecht waren die anderen, das stimmte auch aus ihrer Sicht. Aber es machte ihre Geschichten langweilig, sodass er meist nicht richtig zuhörte. Vielleicht war es dieses Desinteresse, das bei den anderen eine gewisse Neugier weckte. Einer seiner bevorzugten Händler, der seinen Kollegen beim Eintritt ins Lager begrüsst hatte, fragte einmal in einer Pause:

»Dir haben Sie wohl auch zugesetzt, was?«

»Es gibt nicht viel zu erzählen«, sagte er. In der Tat hatte er wenig Lust, sich zu erklären. Der Händler setzte nach:

»Du hast doch Familie, oder? Sind die weg?«

»Ja, ich glaube es zumindest.«

»Dann hast du wenigstens etwas, wofür es sich lohnt. Hier, meine ich. Und sonst?«

Am Gespräch entstand ein gewisses Interesse. Einige hörten nun zu.

Er war einen kurzen Moment versucht zu sagen, dass er Frau und Kind in keiner Art und Weise vermisste. »Sonst«, wie gefragt wurde, war nur sie. Aber von dieser Selbstverständlichkeit konnte und wollte er nichts sagen, wie er überhaupt keine Neigung empfand, sich zu erklären. Seine Frau hatte ihn nie herausgefordert, das war einer ihrer unbestrittenen Vorzüge. Nur einmal, als sie, übermüdet durch schlaflose Nächte mit dem kleinen Kind, sich an ihn schmiegte, er aber sanft etwas wegrückte, brach es aus ihr heraus:

»Was willst du denn? Wer bist du? Ich weiss, dass ich nicht schön und nicht mehr jung bin, aber ich bin eine Frau. Deine Frau. Ich nehme dich, wie du bist. Aber du? Ich sehe dich nicht. Was bist du? Ein Gespenst?«

Sie brach ab, erstickt an ihren eigenen Fragen. Am nächsten Morgen entschuldigte sie sich bei ihm. Er umarmte sie so lange, wie er es für passend hielt. Dann ging er zur Arbeit. Er schwankte zwischen Missmut über ihren Ausbruch und Befriedigung, dass sie in Zukunft die Distanz wahren würde. Vielleicht würde er ihr einmal etwas erzählen, vielleicht von seiner Jugend bei den Grosseltern.

Hier im Lager sah er keinen Anlass für Erklärungen. Er sagte:

»Sonst ist nichts.«

Er sagte es kurz und bündig, und der Händler insistierte nicht weiter. Einer sagte: »Dreckskerle, Dreckskerle sind das.« Ein anderer spuckte auf den Boden. Ein Dritter gab ihm einen Blick, der vielleicht Anteilnahme zeigen sollte, vielleicht nur Misstrauen. Die Gefangenen wandten sich anderen Themen zu. Von den Dreckskerlen gab es genug zu berichten. Für einen Moment fühlte er sich versucht, im Dialekt seiner Grossmutter zu ihnen zu sprechen, aber er unterdrückte diese kindische Provokation.

Er konnte an das Geschehnis mit dem Leuchter zunächst nicht anknüpfen.

Er fuhr beglückt in seinen Dienst zurück und hielt den Russlandfeldzug wie einen Schatz in seinem Gedächtnis. Er spielte in Gedanken mit ihren Sätzen. Wie Spielfiguren ordnete er sich und sie im Antiquitätengeschäft an und führte Züge gegen die Verkäuferin aus. Er dachte an die Mutter seiner Bekannten und fragte sich, ob sie wohl auch so aussehen würde, wenn sie älter wurde. Er berührte nochmals ihre Hand und strich über die Tasche, die sie mitgetragen hatte. Er schaute in den letzten Schnee dieses Jahres und dachte an sie. Sie war das Weiss, das er draussen sah, aber eigentlich war sie fast alles, was er sah und erlebte, es gab immer irgendeinen Gegenstand, einen Geruch, eine Stimmung, ein Geräusch, irgendetwas, das ihn an sie erinnerte.

Er überlegte, ob er ihr schreiben sollte. Aber es gab nichts zu schreiben. Geschehen war nichts. Was er schrieb, war so bedeutungslos, dass er sich schämte und keinen Brief abschickte. Was Bedeutung hatte, wagte er nicht zu schreiben, oder er schrieb es, um es anschliessend zu zerreissen.

Am ersten Wochenende wollte er sie anrufen. Er wusste, was sein erster Satz gewesen wäre: Wie geht es dem Leuchter? Sie hätte gelacht. Aber er rief nicht an. Als er in der Stadt ankam, wollte er sich zuerst umkleiden, dann wollte er zuerst etwas essen, was er im Übrigen nicht tat, weil er keinen Hunger hatte, wenn er an sie dachte. Dann war es am Samstag schon zu spät. Am Sonntagmorgen konnte er sie früh nicht stören und dann blieb keine Zeit, um noch etwas Sinnvolles zu tun. Er ärgerte sich. Am zweiten Wochenende wollte er es besser machen. Da er aber fürchtete, wieder nicht stark zu sein, schrieb er einen kurzen Brief, mit folgendem Inhalt:

»Ich hoffe, es gefällt dem Leuchter bei dir. Er hat jetzt sicher ein schönes Zuhause und ist den bösen Blicken der Verkäuferin entronnen. Vielleicht würde es der Leuchter verstehen, wenn du ihn an einem Wochenende einmal verliessest, um mich zu treffen? Ich habe ihn immerhin zu dir getragen, er sollte mir nicht böse sein. Aber wenn es der Leuchter nicht erlaubt, verstehe ich das natürlich.«

Im Postskriptum gab er an, wie sie ihn am Wochenende erreichen konnte. Er war mit dem Brief zufrieden und wartete auf eine Nachricht.

Sie rief ihn am Wochenende an. Von da an trafen sie sich regelmässig.

»Können Sie segeln?«

Die Frage überraschte ihn, wie ihn an diesem Morgen vieles überraschte. Man hatte ihn gerufen und vom Ferienheim in die Ziegelei gebracht. Das Innere des Gebäudes sah er zum ersten Mal. Er stand in einer grossen Halle, in der sich eine Art Laderampe befand. Oben auf der Rampe sass der Vorgesetzte an seinem Tisch und war in Papiere vertieft. Er fühlte sich an eine Bühne in einem Theater erinnert, die er gleich betreten sollte. Er ging zu einer Treppe, die auf die Rampe führte, und setzte sich dem Vorgesetzten gegenüber. Dieser bot ihm eine Zigarette an. Er nahm die Zigarette und steckte sie ein. Der Vorgesetzte liess ihn gewähren, auch wenn offensichtlich war, dass die Zigarette eigentlich zum sofortigen Gebrauch gedacht war.

Er war überrascht, dass er zum Vorgesetzten gerufen wurde. Er hatte gedacht, dass er mit seiner Verhaftung Teil einer Masse geworden war, die von nun an das gleiche Schicksal teilte. Aber das traf nicht zu. Er hatte auch als Gefangener noch einen Namen. Die Bewacher wussten, wer er war, und sie nahmen sich Zeit für ihn. Nicht nur er hatte im Lager viel Zeit, sondern auch seine Bewacher.

Der Vorgesetzte hatte ihn zu Beginn in neutralem Ton zu seiner Arbeit befragt. Sie sprachen ein paar Worte über die Arbeit im Werk; der Vorgesetzte fragte Belangloses über Autos. Das Gespräch plätscherte vor sich hin, nicht wirklich flüssig, mit Pausen, aber nie ganz am Versiegen. Dann stellte der Vorgesetzte unvermittelt die Frage, ob er segeln könne.

Er war in seiner Jugend ein paarmal auf einem Segelschiff an der Küste gewesen, aber er war zu jung damals, um die Technik tatsächlich verstanden zu haben. Er antwortete:

»Nicht wirklich.«

»Wann haben Sie Ihren Onkel das letzte Mal gesehen, wann?« Diesmal wurde die Frage vom Vorgesetzten klar und scharf formuliert. Er zögerte.

»Meinen Onkel?«

Der Vorgesetzte wartete. Beide sagten nichts. Der Vorgesetzte schaute ihn an. Das Schweigen war unangenehm, aber er widerstand der Versuchung, etwas zu sagen.

Endlich fuhr der Vorgesetzte fort:

»Sie kennen aber die Kursverwandlung? Nicht? Ich helfe Ihnen.«

Er nahm einen Zeitungsartikel hervor und begann langsam zu lesen, wie ein Schüler, der sein Bestes geben wollte. Der Vorgesetzte machte die Pausen an den richtigen Stellen und sprach präzise, aber nicht monoton; er hatte den Artikel offenbar schon mehrmals gelesen. Wieder musste man an eine Bühne denken.

»Sie halten Kurs. Sagen sie. Sie halten Kurs. Sie haben ihren Kompass und schauen nach vorne. Sie halten Kurs.

Der Kompass ist ein wertvolles Instrument auf See. Aber er ist nicht genau. Er ist missweisend, weil er auf den erdmagnetischen, nicht auf den geographischen Norden zeigt. Das ist nicht das Gleiche. Man kann die Missweisung korrigieren, wenn man eine Karte lesen kann.

Der Kompass hat eine weitere Ungenauigkeit. Er wird abgelenkt vom Metall des Schiffes. Je nach Ausrichtung des Schiffes beträgt die Ablenkung mehr oder weniger. Sie kann in beide Richtungen gehen. Wer sein Schiff gut kennt, kann die Ablenkung korrigieren. Tut er dies und hat er auch an die Missweisung gedacht, kennt er den rechtweisenden Kurs.

Der rechtweisende Kurs ist ein wichtiger Zwischenschritt. Die Fahrt eines Schiffes entspricht aber selten dem rechtweisenden Kurs.

Ein Segelschiff wird vom Wind angetrieben. Der Wind zieht das Schiff nicht nur nach vorne, sondern treibt es auch zur Seite. Wer in eine bestimmte Richtung fahren will, muss den Neigungswinkel des Schiffes dem Wind anpassen. Tut er das fachgerecht, kennt er den Kurs durchs Wasser, den er einschlagen muss, um an sein Ziel zu kommen.

Es gibt aber nicht nur die Beschickung Wind, sondern auch die Beschickung Strom. Wer die Beschickung Strom berechnen will, muss seinen Ort und seine Zeit kennen. Er muss gute Karten haben, die ihm erlauben, den Strom abzuschätzen. Er muss etwas Geometrie beherrschen. Kann er das, offenbart sich der Kurs über Grund oder der Kartenkurs. Die Kursverwandlung ist abgeschlossen.

Viele machen bei der Kursverwandlung Fehler. Andere erkennen nicht einmal, dass sie einen anderen Kurs fahren, als sie am Kompass ablesen. Und sie verstehen nicht, dass sie einen anderen Kurs anpeilen müssten, wenn sie ein bestimmtes Ziel auf der Karte erreichen wollen.

Aber sie halten Kurs. Sie halten Kurs.«

Der Vorgesetzte hatte alles gelesen, wie es sich der Verfasser des Artikels wohl gewünscht hätte. Erst im letzten Satz brach eine gewisse Verächtlichkeit durch. Der Vorgesetzte legte den Artikel auf den Tisch zurück und schaute ihn an, wie er es schon vor und während des Lesens getan hatte. Wieder entstand eine unangenehme Pause, und diesmal brach es aus ihm heraus:

»Ja, ich denke, das ist der Artikel meines Onkels, also genauer gesagt, des Mannes meiner Tante, ich habe ihn lange nicht gesehen, den Onkel, der Artikel ist mir nicht bekannt, also der Artikel schon, dass er ihn geschrieben hat, meine ich, aber ich weiss gar nicht, ob ich ihn jemals gelesen habe, ich habe den genauen Inhalt nicht mehr im Kopf, wenn ich ihn denn gelesen habe sollte, ich hatte damals viel zu tun, verstehen Sie, mit dem Onkel hat meine Familie keinen Kontakt mehr.«

Der Vorgesetzte wartete.

»Ich habe alles gesagt.«

Der Vorgesetzte wartete noch immer. Dann endlich nahm er den Artikel nochmals hervor und schaute auf den Text, als sähe er ihn zum ersten Mal. Er sagte etwas gedankenverloren:

»Ein erstaunlicher Artikel. Der kürzeste Leitartikel in der Geschichte der damals grössten Tageszeitung. Alle haben den Artikel verstanden, trotz seiner Fachsprache. Die Losung unserer Partei war mit ein paar Zeilen entwertet, ihre Drucksachen wertlos. Nautische Symbole wurden fortan gemieden. Aber die Zeitung gibt es heute nicht mehr, die Partei schon. Ich glaube nicht, dass heute jemand auf der Strasse den Artikel noch kennen würde. Die Leute vergessen schnell.«

Der Vorgesetzte schaute auf, diesmal freundlich und wiederum abwartend. Er antwortete dem Vorgesetzten:

»Ich habe den Artikel aber nicht gut gekannt. Mit meinem Onkel habe ich seit Jahren keinen Kontakt.«

»Und was haben Sie aus der Rüstungsabteilung mitgenommen?«

Wieder eine abrupte Wende. Die Frage wurde vom Vorgesetzten unvermittelt gestellt, aber diesmal war der Themenwechsel weniger verwirrend. Offenbar dachten die Bewacher, er habe in der Rüstungsabteilung des Autowerkes spioniert. Diesmal war seine Antwort klar und einfach:

»Ich bin nie in dieser Abteilung gewesen, und jeder, der im Werk gearbeitet hat, kann Ihnen das bestätigen. Zu dieser Abteilung hatte ich keinen Zutritt.«

»Was haben Sie denn in den letzten Wochen gemacht? Sie waren ja entlassen. Sind Sie einfach zu Hause gesessen, nachdem Frau und Kind weg waren?«

Die ehrliche Antwort auf diese Frage wäre ein Ja gewesen. Er hatte aufgeräumt, etwa seine Hefte über die Berge, war spazieren gegangen und hatte viel Zeit darauf verwendet, sich seine Mahlzeiten sorgfältig zuzubereiten. Er erledigte Hausarbeiten, was er sonst nie gemacht hatte. Ab und zu las er. Die Tage schienen irgendwie zu schrumpfen. Am Sonntag war er jeweils essen gegangen, allein, mit einem Buch, nicht weil er das Essen auswärts besser fand, sondern weil er den Sonntag irgendwie vom Rest der Woche abheben wollte.

Dass er entlassen worden war, wurde ihm jetzt erst bewusst. Er hatte die Post nur unregelmässig angesehen. Er erinnerte sich an einen Brief seines Arbeitgebers, den er zur Seite gelegt hatte, weil ihn der Inhalt nicht interessierte. Das Gleiche hatte er im Übrigen mit einem Brief seiner Frau gemacht. Vermutlich war der Brief des Arbeitgebers die Kündigung gewesen. Aber das spielte jetzt keine Rolle. Dem Vorgesetzten sagte er:

»Ich habe nichts gemacht.«

Dieser schaute ihn kalt an und schloss das Gespräch mit den Worten:

»Niemand macht nichts. Ich werde Sie nochmals fragen, was Sie gemacht haben. Wir können das alles hier etwas einfacher oder weniger einfach haben.«

Der Vorgesetzte nickte in Richtung eines Betontroges. Dort lag eine rostige Kette. Er verstand nicht, was er hätte sehen können. Wohl keine Besteckversetzung. An diesen seltsamen Begriff erinnerte er sich noch. Das Besteck besteht aus Zirkel und Dreieck. Eine Besteckversetzung stellt die Differenz zwischen dem berechneten Ort und dem beobachteten Ort dar. Man muss von Zeit zu Zeit seine Berechnungen mit der Wirklichkeit abgleichen.

Sie trafen sich. Sie trafen sich an den Wochenenden, im Laufe des Sommers fast an jedem. Sie besuchten kulturelle Veranstaltungen. Sie gingen zusammen essen. Sie spazierten bei gutem Wetter im grossen Stadtpark. Sie sprachen zusammen, was schön war, und sie konnten zusammen schweigen. Dass dies auch schön war, schien ihm sogar noch besser. Er wusste nicht viel von ihr und sie wenig von ihm, aber es spielte keine Rolle.

Wieder hätte er sie küssen können. Er war sich sicher, dass sie seinen Kuss erwidert hätte. Er tat es nicht, und sie auch nicht, was aber ihrer Beziehung nicht schadete. Ihm war egal, wenn seine Kollegen im Militärdienst von ihren Mädchen erzählten und was sie am Wochenende mit ihnen angestellt hatten, da er solches ohnehin nicht erzählt hätte und auch niemand erwartet hätte, dass er solches erzählte. Seine Kollegen wussten aber, dass er sie fast jedes Wochenende traf, und er blickte nicht ohne Stolz auf diese Beziehung.

Es bestand kein Grund zur Eile. Sie waren ein Paar, sprachen wie ein Paar und lebten auf ihre Weise wie ein Paar, ausser dass sie sich nicht küssten und dass sie nicht zusammen schliefen. Und voneinander vielleicht nicht so viel wussten.

Später bedauerte er, dass er sie nicht geküsst hatte. Es wäre so leicht gewesen, so unerträglich leicht. Es wäre so richtig gewesen. Er sah sie immer und immer wieder vor sich, ihre Haare, ihre Augen, ihre Wangen und ihr Kinn. Sie war nicht nur eine schöne Frau, sie war die einzige Frau, sie war die Frau. Er vermisste ihren Körper, den er nie gespürt hatte, von dem er aber sicher war, dass er ihn wenig überrascht hätte. Was ihren Körper nicht weniger begehrenswert machte.

Er hätte sie zuerst geküsst. Ihre Überraschung wäre rasch Freude und Erregung gewichen. Sie hätte ihren Körper angespannt und an ihn gepresst. Sie hätte ihn mit ihren Armen eng umschlungen, sodass es keinen Raum mehr zwischen ihren Körpern gegeben hätte. Sie hätten sich hungrig geküsst. Er hätte ihr an die Taille gefasst und vielleicht schon seine rechte Hand an ihrer Hüfte herabgleiten lassen. Sie hätte ihn etwas weggestossen. Dann hätte sie ihm in die Augen geschaut. Ihre Augen hätten gefragt, ob er wisse, was er tue, aber auch gesagt, es sei richtig. Ihre Vorderzähne hätte sie über ihre Unterlippe gelegt, wie wenn sie konzentriert nachdenken müsste. Eine Strähne ihrer blonden Haare hätte sich gelöst und wäre nach vorne gewandert. Dann hätte sie seine Hand gegriffen und zwischen ihre Beine geführt. Sie hätte sich nach hinten gekrümmt und die Augen geschlossen. Er hätte sie berührt, zuerst mit der Hand, dann richtig, wo immer sie auch gewesen wären. Erst später hätten sie Zeit gehabt, ihre Körper zu erkunden. Sie wären beide auf der Seite gelegen. Sie hätten sich in die Augen gesehen, während die Finger jede Körperstelle des Gegenübers ertasteten. In dieser Haltung wären sie unmerklich in einen sanften Schlaf geglitten. Beim ersten Mal hätte sie ihn gekniffen und gelacht. Beim zweiten Mal wären beide eingeschlafen.

Natürlich dachte er im Lager an den Tod, nicht nur auf der Baustelle. Er fürchtete den Tod nicht, aber der Betontrog liess ihn erahnen, dass das Sterben nicht nur hingebungsvolles Hinabgleiten war, sondern ein beträchtlicher Aufstieg sein konnte. Das hatte er nicht erwartet.

Er hatte sich sein Ende eher wie eine Operation vorgestellt, der er sich vor ein paar Jahren hatte unterziehen müssen. Sein Bauch schmerzte damals stark, doch er ging nicht zum Arzt. Seine Frau bemerkte, dass er weniger ass, sagte anfänglich, vielleicht aus Furcht, nichts, insistierte aber dann doch, dass er sich untersuchen lasse. Er bekam rascher als erwartet einen Termin, als er der Praxishilfe am Telefon seine Beschwerden beschrieb. Diese konnte eine gewisse Zufriedenheit nicht ganz verbergen, als er in die Arztpraxis eintrat:

»Wenn Männer wie Sie kommen, haben sie meistens wirklich etwas.«

Er hatte in der Tat etwas, und der Arzt, der ihn untersuchte, war weniger zufrieden:

»Ich weiss nicht, wie Sie mit den Schmerzen noch arbeiten konnten. Sind Sie ein Indianer oder schlicht suizidal?«

Der Arzt merkte, dass er wohl etwas grob war, und korrigierte gleich:

»Schmerz ist natürlich etwas stark Subjektives. Einige lassen ihn kaum an sich herankommen. Aber in Ihrem Fall fällt es mir schwer zu glauben, dass Sie diese Blinddarmentzündung so ohne Weiteres wegstecken konnten. Und die Situation ist nicht ungefährlich. Was vielleicht vorher noch Routine gewesen wäre, kann durch Verschleppung kompliziert werden. Den richtigen Zeitpunkt sollte man besser nicht verpassen.«

Er blieb dem Arzt eine Antwort schuldig. Der Vorwurf des Arztes erfüllte ihn einerseits mit einem gewissen verschämten Stolz, sich einfach dem Schmerz überlassen zu haben. Andererseits traf ihn die Frage, ob er seinem Leben willentlich ein Ende setzen wollte oder ob er bloss unfähig war, gegen die Schmerzen etwas zu unternehmen. Viel weiter denken konnte er nicht. Die Diagnose des Arztes schien seine Schmerzen zu verstärken, und er fühlte sich benommen. Er sagte bloss:

»Ja, jetzt geht es mir wirklich schlecht.«

An das Nachfolgende erinnerte er sich kaum. Alles ging plötzlich schnell. Er wusste nur noch, dass er sich aus irgendeinem Grund vornahm, gegen die Narkose anzukämpfen. Er glaubte nicht daran, dass man ihn betäuben konnte, und war sicher, er würde nicht einschlafen. Natürlich irrte er. Er irrte sich vielleicht auch, dass die Verhaftung, das Lager und sein Ende so vorbestimmt und schmerzfrei werden würden wie Narkose und Blinddarmoperation. Vielleicht war er nicht bereit.

Im Lager waren seine Gedanken an den Tod aber recht diffus, er konnte sich eigentlich nur an eine Frage erinnern, von der er nicht verstand, weshalb sie ihn beschäftigte. Sie betraf einen der Bewacher im Lager.

Der Bewacher musste früher Offizier der Streitkräfte gewesen sein. Er hatte eine Haltung, die glauben machte, er habe mehr befohlen als Befehle entgegengenommen. Weshalb er hier im Lager war, schien den Gefangenen schleierhaft. Er war unter den Bewachern ein Fremdkörper, er sass oft abseits von den anderen, und einmal sah man ihn ein Buch lesen. Er war Teil des Geschehens, und doch stand er ausserhalb. Er beteiligte sich nie an den seltenen Schikanen, sondern tat einfach seine Arbeit. Der Vorgesetzte der Wachen begegnete ihm mit einer Mischung aus Respekt und Misstrauen.

Der Offizier mochte vielleicht fünfzig Jahre alt sein. Sein Äusseres war gepflegt. Man sagte, er habe früher Klavier gespielt. Für ihn, den Gefangenen, war undenkbar, dass dieser Offizier unrecht handelte. Zu ihm fasste man ein diffuses Vertrauen, obwohl klar war, dass auch der Offizier jeden von ihnen ohne Bedenken töten würde, sollte sich dies als geboten erweisen.

Die Frage, die er sich stellte und die ihn verfolgte, war, ob er lieber von diesem Offizier oder einem anderen Bewacher getötet werden wollte, wenn es dazu kommen sollte. Er wusste, dass es eigentlich unerheblich war, wer tötete, aber in ihm keimte das Gefühl auf, der Tod sei leichter und angenehmer durch jemanden, der ansonsten gut und richtig handelte.

Natürlich sprachen die Gefangenen über den Offizier. Es wurde Verschiedenes erzählt. Manche vermuteten, er sei einfach feige. Dagegen sprach, dass es für einen Offizier leichtere Arbeit als in einem Gefangenenlager gab. Einige dachten, er habe Streit mit seinen Vorgesetzten gehabt. In diese Richtung ging eine Geschichte, die, sollte sie zutreffen, vor ein paar Jahren passiert sein musste. Es waren unruhige Zeiten, in denen damals niemand wusste, wo sie hinführten. Es gab Milizen mit diffusen Zielen, deren Mitglieder aber sicher waren, das Richtige zu tun, und es gab reguläre Kräfte mit Zielen, die sie entweder zu wenig oder zu viel hinterfragten. Was der Autorität noch an Staatlichkeit verblieb, teilte sich allmählich entlang der Volksgruppen oder besser gesagt entlang dessen, was beide Teil gerne beansprucht hätten. In der Schnittmenge lag damals noch die Stadt.

In dieser Zeit, so behaupteten einige, musste sich der

Zusammenstoss des Offiziers mit einem Milizenführer abgespielt haben. Der Offizier vertrat zwar die gleiche Volksgruppe, innerhalb derer aber eine Autorität, die keine Macht mehr hatte. Der Milizenführer stand für eine Macht, die nach Autorität gierte. Die Milizen säuberten damals die Stadt. Die Autorität war entweder abwesend, ratlos oder komplizenhaft. Der Offizier war es nicht.

Abgespielt haben soll sich der Vorfall in einem historischen Saal in einem Universitätsgebäude. Er kannte den Saal, mochte ihn aber wegen seiner barocken Üppigkeit nicht besonders. Er hatte dort ab und zu Konzerte gehört, auch mit ihr. Vielfach übten Schülerinnen und Schüler in diesem Saal.

Die Milizen säuberten diesen Stadtteil und mit ihm den Konzertsaal. Sie durchquerten ein Vorzimmer in Richtung Saal, einige waren wohl betrunken. Der Offizier, vielleicht auch weitere Vertreter der vergehenden Autorität, standen ebenfalls im Vorzimmer. Die Milizen wollten voranschreiten, doch der Offizier trat ihnen in den Weg. Der Milizenführer lachte nur, machte einen kleinen Bogen und griff nach der Türklinke des Saales. Der Offizier sagte kein Wort, trat an den Milizenführer heran und hielt ihm seine entsicherte Pistole an den Kopf. Es entstand eine kurze Unruhe, die Begleiter des Milizenführers erwogen ein Eingreifen, sahen aber davon ab, weil sie sicher waren, dass der Offizier schiessen würde. Plötzlich war da eine Stille, in die das gedämpfte Spiel dreier Violinen drang. Der Milizenführer verwarf die Hände und schnitt ab und zu eine Grimasse, die irgendwo zwischen Zorn und Erstaunen über die groteske Situation lag. Aber er wartete. Das Spiel der Violinen verklang, man hörte leise die Geräusche von Stühlen und Geigenkästen. Dann senkte der Offizier die Waffe, und die Milizen stürmten in den Saal.

Im Saal sassen drei Mädchen. Sie hatten von der Szene im Vorzimmer nichts mitbekommen und hatten deshalb auch nie erfahren, weshalb sie unerwarteterweise den Satz ihres Stückes zu Ende spielen durften.

Die Ansichten differierten über das weitere Geschehen im Vorzimmer. Die einen meinten, die Milizen hätten den Offizier verprügelt und, als er bewusstlos am Boden lag, die drei Mädchen über ihn geworfen, die sie mit ihren eigenen Instrumenten getötet hatten, ein Unterfangen, das sich offenbar als anspruchsvoller erwies als erwartet, da weder die Saiten der Geigen zum Würgen noch zerbrochenes Holz zum Stechen geeignet waren. In jedem Fall habe der bewusstlose Offizier im Blut der Mädchen und unter den Überresten der Geigen gelegen.

Andere glaubten, es sei gar nichts mit ihm geschehen, die Episode im Vorzimmer sei bedeutungslos, es hätten in dieser Zeit ohnehin alle mit entsicherten Waffen herumgefuchtelt, man habe sich einfach wie geplant um die Mädchen gekümmert. Letzteres schien glaubhafter. Die erste Variante hätte die Episode erst zur Geschichte werden lassen, hätte dazu geführt, dass man sie weitererzählte, was nicht im Sinne des Milizenführers gewesen sein konnte, schliesslich hatte ein einzelner Mann ihn und seine ganze Einheit in Schach gehalten. Es war auch nichts passiert, die Arbeit der Miliz war nur unwesentlich verzögert worden. Es geschahen zu dieser Zeit wichtigere Dinge als ein Disput zwischen einem Offizier und einem Milizenführer.

Was wirklich stimmte, wusste er nicht. Ihn beschäftigte die Frage, ob der Tod durch den Offizier ein besserer war als durch eine andere Wache. Vielleicht wäre es nur eine Narkose mit anschliessender Entfernung des Blinddarms. Er blieb unentschlossen. Nicht verhehlen konnte er eine gewisse Bewunderung für den Offizier, der ohne Zögern dazwischengetreten war und gewusst hatte, was zu tun war, auch wenn das Handeln vielleicht blosser Selbstzweck gewesen war. Moralisch richtig, aber sinnlos. Antigone.

Sie hatte Cello gespielt.

Lob war das Schlimmste. Das Lob der Nichtwissenden war dumm, laut und grob. Das Lob der Wissenden war widerlich in seiner vertraulichen Art: der verständnisvolle Blick, die anerkennende Hand auf der Schulter, das grosszügig nachgefüllte Glas. Es gab nichts Aufdringlicheres als Lob. Es entwaffnete. Stillschweigen wurde zu Zustimmung, Widerspruch zu Bescheidenheit.

Später lobten alle seinen Mut.

Vielleicht wäre hier Widerspruch noch am leichtesten gefallen. Er war nicht mutig. Der Gefangene, der um sein Leben kämpfte, war nicht mutig, sondern nur zur Aufgabe nicht bereit. Oder er ertrug das Warten nicht. Oder er nahm an, dass seine Überlebenschance besser war, wenn er etwas tat. Dann war es schlicht der Wille zum Überleben. In seiner Lage konnte man nicht mutig sein. Mut setzte ein Missverhältnis zwischen Risiko und erwartbarem Ertrag voraus.

Er war in den letzten Tagen auch zunehmend angstvoll gewesen, von Mut keine Spur. Es war nicht die konkrete Angst, kein Geld oder keine Zigaretten mehr zu haben. Es war auch nicht die Angst vor dem Betontrog in der Ziegelei. Sicher war beides beunruhigend und mochte zu seinem Zustand beigetragen haben, aber es war weniger der Gedanke an diese Dinge als die Art, wie er darüber dachte. Bisher hatte er immer das Gefühl gehabt, er beobachte die Geschichte eines Mannes, der verhaftet worden war. Jetzt war es seine Geschichte. Die Distanz zu seiner Lage war geschwunden. Es war nicht mehr die Frage, was als Nächstes passierte, sondern was ihm passierte.

Er bereute, nicht mit seiner Familie abgereist zu sein. Die Langeweile seiner Frau wäre ihm willkommen gewesen.

Die Gefangenen machten eine Pause hinter der Böschung an der Strasse, an der sie arbeiteten. Es war heiss. Alle drängten sich um einen kleinen Baum, der etwas Schatten spendete. Zwei Wachen standen beim nächsten Baum. Unter den Gefangenen entstand plötzlich Unruhe, ein Stossen und Schlagen, Fluchen und Schreien. Der Kreis der Gefangenen vergrösserte sich, wie ein Ballon, der aufgeblasen wurde. Die Wachen näherten sich und suchten die Ursache, als sich plötzlich mehrere Gefangene aus dem Kreis lösten. Zwei oder drei hatten Messer, einer hatte einen Schraubenzieher. Ein Schuss fiel, einer der Gefangenen fiel zu Boden, ein anderer taumelte. Die Gefangenen stiessen zu, die Waffen entglitten den Bewachern.

Er ergriff eine Waffe und rannte über die Böschung in Richtung Lastwagen. Im Lastwagen sass eine dritte Wache, die jederzeit davonfahren konnte. Dann hätten sie kaum Chancen auf Flucht gehabt. Mehrere Gefangene folgten ihm, allerdings mit einem gewissen Abstand, weil sie sich unnötig lange mit den Wachen aufgehalten hatten, die schon überwältigt waren. Er glaubte, dass er eine der Wachen laut gurgeln hörte, als hätte sie sich verschluckt, aber er schaute nicht zurück. Er überquerte die Böschung und näherte sich dem Lastwagen, schräg von hinten auf der Beifahrerseite. Die Wache musste ihn sehen, wenn sie in den Aussenspiegel des Lastwagens blickte.

Er öffnete die Beifahrertür und duckte sich, weil er einen Schuss erwartete. Aber es geschah nichts. Am Steuer sass ein junger blonder Mann, der sich offenbar nicht bewegt hatte, nachdem der Übergriff auf seine Kollegen geschehen war. Er blickte einfach nach vorne, als hätte das Geschehene nichts mit ihm zu tun. Er hatte nichts gehört oder wollte nichts hören.

Zu überlegen gab es wenig. Er schoss, der Fahrer kippte zu Seite. Als er zum Fahrer rückte und über ihn lehnend die Fahrertür öffnete, fiel dieser aus dem Lastwagen heraus auf die Schulter, ungebremst, und blieb liegen wie ein schweres Bündel abgetragener Kleider. Er setzte sich ans Steuer und stellte erleichtert fest, dass der Schlüssel steckte. Er zündete den Motor.

In die Führerkabine sprang der Devisenschieber. Er war an der Schulter verletzt und blutete. Der Devisenschieber wollte die Beifahrertür schliessen, doch der Schwere hielt die Tür mit ruhigem Griff fest. Der Devisenschieber rückte zur Mitte und liess den Schweren einsteigen. Der Devisenschieber war über die Mitte gerückt und berührte ihn, den Fahrer, mit der blutigen Schulter, wich aber sofort wieder zurück, weil ihn die Berührung offenbar schmerzte. Der Devisenschieber schrie:

»Fahr!«

Eigentlich bestand kein Grund zu übertriebener Eile. Sie hatten gerade den dritten und letzten Bewacher getötet. Er sah über die Kuppe der Böschung, wie die anderen Gefangenen zum Lastwagen strömten. Der Devisenschieber schrie nochmals:

»Fahr! Verteilt haben wir bessere Chancen!«

Den ersten Gang hatte er bereits eingelegt und mit dem Fuss den Schleifpunkt gesucht und gefunden. Er drückte das Gaspedal, die Drehzahl erhöhte sich mit leichter Verzögerung, wie es bei einem alten Lastwagen zu erwarten war. Mit Kupplung und Gaspedal hielt er die Drehzahl konstant, der Lastwagen bewegte sich wie ein Bär, der nach dem Winterschlaf zum ersten Mal die Höhle verliess. Die anderen Gefangenen kamen näher, der Devisenschieber blickte nervös zu den Rückspiegeln, in denen er aber nichts sehen konnte, weil sie wie üblich auf den Fahrer ausgerichtet waren.

Er drückte das Gaspedal voll durch. Ein kräftiges Rauschen strömte aus dem Motor, wie das Schlürfen eines alten, routinierten Trinkers. Der Lastwagen mochte noch aus dem Zweiten Weltkrieg stammen, war aber gut unterhalten. Das Geräusch des Motors erfüllte die Führerkabine und übertönte allfälliges Rufen der rennenden Gefangenen. Er schaltete in den zweiten Gang, so sanft, als gäbe es nur diesen zweiten Gang und als sei der erste Gang nichts weiter als ein Versehen gewesen. Der Lastwagen beschleunigte, der Bär wachte auf. Er sah im Rückspiegel die anderen Gefangenen kleiner werden, sie erinnerten an Ameisen, die von ihrem Bau geklettert waren. Die Ersten verlangsamten bereits wieder ihre Schritte wie Läufer nach dem Zieldurchlauf. Die Drehzahl erhöhte sich, aber noch immer war es das zufriedene Schlürfen eines routinierten Trinkers, das der Motor von sich gab. Der zweite Gang war ein guter Gang, der sich angenehm fahren liess. Erst nach einer kleinen Kuppe schaltete er in den dritten Gang, mehr als Belohnung für den Bären denn aus Notwendigkeit, denn die nächste Kurve zeichnete sich bereits ab, die ein Zurückschalten notwendig machen würde. Von den anderen Gefangenen war nichts mehr zu sehen.

Napoleon trat Mitte Oktober 1812 den Rückzug aus Moskau an, der seine Armee vernichten sollte. Auch zwischen ihnen änderte der Oktober alles. Sie war als angehende Ärztin eine Woche in einem Provinzspital gewesen. Als sie zurückkehrte, schien alles wie sonst. Sie trafen sich zu einem Konzert, das in einer der grossen Kirchen der Stadt gespielt wurde. Es war überraschend kalt, die Mauern mussten die aufkommende Kälte der Nächte schon eingesogen haben. Sie sassen eng beisammen, sodass sich ihre Beine gelegentlich berührten. Sie zogen ihre Beine ein-, zweimal zurück, bis sie schliesslich ihre Schenkel dicht nebeneinander liegen liessen. Er spürte die Wärme ihres Beines. Nach einer Weile legte sie ihre Hand zuerst auf ihren Schenkel, dann liess sie langsam drei Finger auf seinen Oberschenkel gleiten, als bräuchte ihre Hand eine Verankerung. Er griff nach ihrer Hand und hielt sie fest. Er fühlte sich bereit für diesen Schritt.

Gespielt wurden alte Volksweisen, so auch eine Pavane aus Frankreich, die er möglicherweise schon früher einmal gehört hatte: »Belle qui tiens ma vie«. So begann das Lied, den Rest verstand er nicht. Er stellte sich vor, die Eingangsstrophe stamme von einem Minnesänger, der die Geliebte verlassen müsse. Trotzdem bestand zwischen ihnen ein Band, dessen Ende die Geliebte in der Hand hielt, wo immer er auch sein mochte. Das Leben war kurz und unsicher in diesen Zeiten, und das Band war die einzige Gewissheit, die es zwischen ihnen gab. So sang es der Chor, traurig, aber fest und nicht ohne Hoffnung.

Jahre später las er den ganzen Text. Die Angebetete hält den Sänger mit ihrem Blick fest. Im Verlauf des Liedes trifft der Sänger keine Anstalten, die Geliebte zu verlassen. Er wird mehr oder minder zudringlich, je nach Überlieferung und Auswahl der gesungenen Strophen. »Ne sois plus rebelle.«

In der Kirche begann er, mit dem Text zu spielen. Er überlegte sich eine passende Übersetzung. Da er die Fortsetzung der Pavane nicht verstand, hatte er eine gewisse Freiheit, die nächste Zeile auch zu füllen. Er verwarf einige Ideen, bis er auf folgenden Text kam: »Schöne, du hältst mein Leben, fest in der zarten Hand.« Die Betonung lag gleich wie im Original auf »Schöne« und »Leben«, was der Chor »Bellä« und »Wieje« gesungen hatte. Er hatte sich die Freiheit genommen, das »qui« des Originals durch ein »du« zu ersetzen, was die Unmittelbarkeit des Moments verstärkte. Die Fortsetzung »fest in der zarten Hand« passte rhythmisch gut in die Melodie. Nicht ohne Stolz blickte er auf den nur scheinbaren Gegensatz, dass eine zarte Hand so viel Kraft hat, den Sänger festzuhalten. Die Worte griffen geschmeidig ineinander, so wie es später die Gänge seiner Getriebe tun würden.

Er hielt sie fest und wollte sie festhalten. Er würde ihr nach dem Konzert seine Übersetzung erzählen. Sie würde angestrengt nachdenken, ob ihr eine bessere Übersetzung in den Sinn käme, dann aber wohl kapitulieren müssen. Vielleicht hatte sie mehr vom französischen Text verstanden. Jetzt sagte er nur:

»Ist es nicht wunderschön?«

Eigentlich sagte er nicht, die Musik sei wunderschön, sondern sie, und ihr gemeinsamer Moment. Es musste ein Strahlen in seinem Gesicht gelegen haben, ein Glück, eine Innigkeit, die nach aussen bricht. Sie schaute ihn an und sagte:

»Ach, du bist so unversehrt.«

Sie hatte dies mit melancholischer Abgeklärtheit gesagt, ein bisschen für ihn, und ein bisschen für sich selbst. Sie schaute halb nach vorne und halb zu ihm. Und er verstummte. Das Band war zerrissen. Er hatte sich nach diesem Abend immer und immer wieder gefragt, was er ihr hätte antworten können auf diesen einen Satz. Der Satz entwaffnete und zerstörte.

Sie erzählte nicht, was sie in der Provinz gesehen hatte, und er fragte nicht danach. Sie trennten sich nach dem Konzert und jeder ging allein nach Hause. Sie sahen sich weniger oft. Gegen Ende des Jahres teilte sie ihm mit, dass sie in der Provinz studieren werde. Er war verzweifelt, sagte aber wenig. Weshalb sie ausgerechnet in die Provinz fuhr, wo sie Unerfreuliches erlebt hatte, fragte er nicht. Auch sie wurde stiller.

Der Devisenschieber hatte Schmerzen. Er sass in der Mitte des Lastwagens und starrte durch die Windschutzscheibe. Gesprochen hatten sie wenig. Sie waren gefahren ohne klares Ziel. Auch ohne Verständigung waren sie sich einig, auf Feldwegen und Nebenstrassen zu bleiben.

Der Devisenschieber sagte:

»Wie weit ist es in die Stadt?«

Er antwortete:

»Ein paar Stunden, schätze ich. Aber selbst wenn sie uns noch nicht suchen, ist es unwahrscheinlich, dass wir nicht mindestens eine Sperre passieren müssen. Drei zerlumpte Gestalten in einem solchen Lastwagen. Jeder, der uns sieht, weiss, dass da etwas nicht stimmt. Suchen sie erst einmal nach diesem Lastwagen, erwischen sie uns noch schneller.«

»Verdammt, ich brauche einen Arzt.«

Das Sprechen fiel dem Devisenschieber schon nicht mehr ganz leicht. Seine Gestalt wirkte gekrümmt, obwohl er aufrecht sass. Sein Körper war feucht von Blut und Schweiss. Bald würde er selbst so stöhnen, wie er es für die Frauen vorgesehen hatte.

Als Fahrer fühlte er sich irgendwie verantwortlich. Er sagte:

»Wir brauchen ein anderes Fahrzeug, Verbandszeug und eine Karte. Karten hat es im Lastwagen keine, sie waren vermutlich in der Tasche des Fahrers. Wir halten an einem abgelegenen Bauernhof.«

Am Übergang zu einem kleinen Wäldchen war ein älteres, hübsches Bauernhaus zu sehen. Vor dem Haus lag ein grosser Gemüsegarten, in dem zwei Frauen arbeiteten. Die Frauen blickten auf. Als der Lastwagen vor dem Haus hielt, kam aus dem Stall ein Mann. Sie stiegen aus.

Der Bauer begriff sofort, was der Devisenschieber ebenso schnell bemerkte. Der Bauer verlangsamte seinen Schritt auf sie zu und wirkte unschlüssig. Der Devisenschieber zögerte nicht und schoss. Der Bauer hatte noch ansatzweise die Arme gehoben, als ihn der Schuss traf. Er sackte zusammen.

Bisher hatte niemand gesprochen. Jetzt aber begann die Frau zu schreien, die mutmasslich die Frau des Bauern war und mit der Tochter im Gemüsegarten arbeitete. Obwohl er ihre Sprache verstand, waren die Worte der Bäuerin entweder ganz unverständlich oder mindestens zusammenhanglos. Es war ein wütender, gehässiger Brei aus Sprache und Lauten, der sich über sie ergoss. Er meinte, aus dem Wäldchen gar ein Echo gehört zu haben.

Das Gesicht der Frau war rot und derb. Ihr Kopftuch war verrutscht. Auch aus der Entfernung war gut zu sehen, dass sich in ihr Geschrei einiges an Spucke mischte, die ihr Kinn bedeckte und wahrscheinlich schon zu Boden tropfte.

Der Schwere ging auf die Bäuerin zu. Die Frau war immer noch ausser sich und stämmig, doch der Schwere warf sie mühelos zu Boden. Mit überraschender Flinkheit trat er ihr auf den Hals, sodass ihr Schreien abrupt endete. Es war wieder still. Der Schwere blickte nur kurz auf die Bäuerin herab und war offenbar der Meinung, dass sie keiner weiteren Tritte mehr bedurfte. Es war erstaunlich, dass man einen Menschen mit einem Tritt in den Hals so rasch töten konnte. Vielleicht konnte das aber nur der Schwere. Wie eine Schlange hatte er die Frau zertreten, die nun im Staub lag. Neben ihr wuchsen Stangenbohnen.

Es blieb das Mädchen, das vom Schweren und vom Devisenschieber ungefähr gleich weit entfernt war. Er schaute sie an, und sie blickte ihn an. Ihr Gesicht war ausdruckslos, aber nicht im Schock, sondern mehr im Sinne eines neutralen Beobachters, der sich einen Film ansieht, der ihn nicht sonderlich fesselt. Sie mochte angestrengt überlegen, was sie noch tun konnte. Das Mädchen blickte nicht ihn direkt an, sondern den Lastwagen, vor dem er stand. Trotzdem dachte er, sie sehe ihn an, sodass er fast die Hand zum Gruss erhoben hätte, doch es blieb ein blosser Ansatz. Er fühlte, dass man niemanden grüssen konnte, dessen Eltern man gerade getötet hatte. Es gab keine Zeichen und keine Worte. Es gab vielleicht die Frage nach Verbandszeug, Essen und weiteren Dingen, aber es gab keine Möglichkeit der Annäherung von Mensch zu Mensch. Was aber nicht notwendig war. Er blickte am Mädchen vorbei zum Hof.

Dann fiel der Schuss. Das Mädchen wurde mit Wucht zu Boden geschleudert, was ihn überraschte. Er hatte angenommen, dass Menschen, die erschossen wurden, langsam zu Boden glitten, wie auf der Opernbühne. Nicht aber dieses Mädchen vom Bauernhof. Es wurde aus seinem Blickfeld weggerissen und lag im nächsten Moment etwas entfernt am Boden, als wäre es von einem grossen, unsichtbaren Hammer seitlich niedergeschlagen worden. Das Mädchen gab keinen Laut von sich. Verletzungen sah er nicht, aber sie musste tot sein, ihre Augen waren aufgerissen und erstarrt. Die Kugel musste sie von der Seite ins Herz getroffen haben. Er sah, wie sich ihr Kleid an der Seite langsam verfärbte.

Bevor der Schuss fiel, hatte er sich kurz gefragt, wie man sie am Leben hätte lassen können. Man hätte sie fesseln können. Vielleicht wäre sie innert nützlicher Frist gefunden worden; gut möglich aber auch, dass sie einen qualvollen Tod gestorben wäre, verdurstet, in ihrem eigenen Schweiss, Urin und Kot liegend. Ihre Stimme wäre zuerst heiser geworden, dann nur noch leise und verzweifelt. Vielleicht hätte sie vor dem Tod geweint. Vielleicht hätte man ihr auch vertrauen können, man hätte sie schwören lassen können, zwei Tage den Hof nicht zu verlassen, aber was wären die Schwüre eines Mädchens wert gewesen, dessen Eltern gerade getötet worden waren? Man hätte vielleicht einen Keller suchen können, man hätte ihr Wasser und Brot geben können, doch wer wusste, ob es im Raum nicht einen zweiten Schlüssel gegeben hätte, ob nicht Tür oder Wand so morsch gewesen wären, dass sie schon Stunden später auf dem Nachbarhof gewesen wäre? Der Schuss war die einfachste Lösung.

Der Tod des Mädchens erübrigte die Frage, ob er sich an ihr vergangen hätte. Der Gedanke war Ekel und Wärme zugleich. Es war Ekel, wenn er dachte, wie sich der Devisenschieber oder der Schwere auch über sie hergemacht und man eine Reihenfolge zu bestimmen gehabt hätte. Es war Wärme, wenn er dachte, sie hätte die Hand zum Gruss erhoben, freundlich ihm gegenüber, Täter und Opfer vergessend, nur sie zwei, eine vollkommene Weiblichkeit nach einer langen Zeit im Lager. Aber ihre Eltern lagen tot vor dem Haus.

Eine Antwort war überflüssig. Der Devisenschieber hatte geschossen. Der Schuss mochte Ungeduld sein, weil er rasch die Versorgung seiner Wunde wünschte. Es war ihm auch zuzutrauen, dass er das Mädchen nur deswegen erschoss, damit sie niemand anderes berühren konnte. Der Devisenschieber war aufgrund seiner Verletzung dazu nicht in der Lage. Er war zu schwach, das Mädchen auf seine besondere Art zum Schreien zu bringen, wie er dies im Lager so genussvoll ausgebreitet hatte.

Das Essen

Sie war zurückgekehrt in die Stadt, später, vielleicht zwei Jahre später nach ihrem Russlandfeldzug. Während ihrer Abwesenheit waren sie in losem Kontakt geblieben. Jetzt war sie wieder da und arbeitete an der Klinik der Universität, an der er in Kürze seine Studien abschliessen würde.

Er fand, sie sei noch schöner geworden. Sie hatte die letzten Spuren des Mädchenhaften abgestreift. Obwohl sie schlank war, schien ihr Körper voller geworden zu sein. Ihre Bewegungen waren rund, ihr Blick ernster, vielleicht sogar bisweilen streng. Am besten gefiel sie ihm zu vorgerückter Stunde, wenn sich ihr Haar etwas gelöst hatte oder wenn die Feuchtigkeit eines leichten Regens einzelne Haare auf Abwege schickte.

Sie sahen sich wieder, erst etwas zögerlich, dann öfter, allerdings nicht so oft wie vor ihrer Abreise in die Provinz. Beide hatten mehr zu tun als früher, und auch ihr Freundeskreis war grösser geworden. Ihre Bekanntenkreise überschnitten sich kaum, und wenn doch, konnten sie weder zu zweit sprechen, wie sie es gewohnt waren, noch gelang ihnen ein Gespräch in einer grösseren Gruppe. Sie nahm ihn nie mit zu ihren Verabredungen und umgekehrt. Dazu bemerkte er einmal:

»Wir sind wie Primzahlen. Wir können uns nicht durch andere Zahlen ausdrücken und unser kleinstes gemeinsames Vielfaches besteht aus einer Multiplikation mit uns selbst.«

Oft liess sie seine Vergleiche aus dem Bereich der Naturwissenschaften stehen, doch diesmal widersprach sie:

»Ich weiss nicht, ob wir nicht gemeinsame – was sind

es, Faktoren? – haben. Ich weiss nicht, ob wir uns sehen würden, wenn wir derart verschieden wären. Überhaupt...«

Damit brach sie ab. Ihm fiel auch nichts Passendes
mehr ein, sodass sie von anderem sprachen. Es gefiel
ihm, dass sie Gemeinsamkeiten hatten, die sie lebten.
Sie gingen gemeinsam in Konzerte und ins Theater. Sie
erzählten sich von Büchern, die sie gelesen hatten. Gelegentlich erwähnten sie Studium und Prüfungen. Über
sich selbst und Politik sprachen sie kaum. Wenn sie zusammen waren, fühlte er sich ihr nahe.

Eines Abends begleitete er sie nach Hause. Der Abend
war erfreulich gewesen. Sie waren essen gegangen in
einem kleinen Lokal, die Kellner hatten mit ihnen ge-
scherzt in der Annahme, sie müssten miteinander verheiratet oder mindestens verlobt sein. Die Scherze waren ihnen nicht unangenehm, im Gegenteil. Sie sassen
aufgrund der begrenzten Platzverhältnisse etwas enger als
sonst. Obwohl das Lokal vom Geruch der Speisen erfüllt war, roch er ihr Haar. Der Geruch erinnerte ihn an
etwas, was er zuerst nicht richtig einordnen konnte. Er
dachte zuerst an frisch geschnittenes Gras, nur feiner und
angenehmer, aber das traf es nicht richtig. Es war eher
der Geruch von Holzspänen, nicht von trockenem Holz,
sondern von grünem Holz, an dem jemand schnitzte. Es
erinnerte ihn an seinen Grossvater, der unzählige Pfeil-
bogen und Pfeile für seine Enkel geschnitzt hatte. Der
Bogen musste stark und elastisch sein, und sein Grossvater war immer sehr umsichtig in der Auswahl der jungen Büsche gewesen, aus denen er die Bogen herstellte.
Vielleicht war es Haselnuss. Während der Grossvater
schnitzte und die Bogen verzierte, mussten die Kinder
warten. Er schien die Ungeduld der Kinder zu genies-
sen. Die Kinder spielten mit den grünen Holzspänen.

Das Messer des Grossvaters hatte ein Band aus der Rinde des Bogens herausgeschnitten, das die Kinder wie einen Hochzeitsring um die Finger wickelten.

Das Essen im Lokal war einfach und gut. Sie unterhielten sich über das Kochen und mussten sich eingestehen, dass sie herzlich wenig davon verstanden. Die Kochzeit von Reis war ihnen ebenso unbekannt wie der Unterschied zwischen Gebratenem und Gesottenem. Entsprechende Nachfragen bei den Kellnern und später bei der Köchin führten zu allgemeiner Heiterkeit und sinngemäss zum Scherz eines Kellners, dass man eine solche Frau auch ohne genauere Prüfung ihrer Kochkünste heiraten müsse. Er sah, wie sie errötete. Die Rolle eines im Kochen unbedarften, aber verliebten Ehepaares gefiel ihnen.

Vor ihrem Haus fragte sie ihn, ob er nach oben kommen möchte. Die Wohnung ihrer Eltern hatte er nach der Begebenheit mit dem Leuchter nicht mehr betreten. Es war noch nicht so spät, wie wenn sie Konzerte oder Theaterstücke besuchten. Er folgte ihr nach oben und erwartete ihre Eltern. Die Wohnung war aber dunkel, als sie eintraten. Sie bot ihm ein Glas Wein an. Das Gespräch war unverbindlich, worüber sie sprachen, wusste er später nicht mehr.

Plötzlich war sie verschwunden. Er dachte, sie hole ein Buch oder sonst etwas, das sie ihm zeigen wollte. Es war nicht ungewöhnlich, dass sie etwas tat, ohne sich bewusst zu sein, dass andere darüber nicht Bescheid wussten. Also wartete er.

Als sie vielleicht fünf Minuten verschwunden war, machte er sich doch auf die Suche nach ihr. Er hätte ihren Namen rufen können, streifte aber stattdessen durch die Wohnung. Er sah den Leuchter im Flur zu den hinteren Zimmern. Sie hatte ihm den Ort genannt, als er danach gefragt hatte. Der Leuchter war dunkel und schien weit weg, vielleicht etwas zu nahe an der Decke aufgehängt. Er hatte den Leuchter seit dem Tag, als sie ihn gekauft hatte, nicht mehr gesehen und ihn prachtvoller in Erinnerung. Jetzt wirkte der Leuchter schwer, und er war nicht sicher, ob er gerne lange darunter gestanden hätte.

Er ging weiter. Er hatte die Schuhe nicht ausgezogen, sodass sie ihn auf den Dielen eigentlich hören musste. Er erwartete ihre Stimme, aber alles blieb ruhig.

Er fand sie auf dem Bett eines Schlafzimmers, vielleicht ihr eigenes, vielleicht das Schlafzimmer ihrer Eltern, er konnte es nicht genau sehen. Mit einem Bein lag sie auf dem Bett, das andere berührte noch den Boden. Das Zimmer war dunkel, aber es fiel genug Licht ins Zimmer, dass er ihren Körper klar erkennen konnte. Er sah, wie sie atmete. Er trat ein, wusste zuerst nicht, was er sagen sollte, und machte dann den Scherz, das viele Gerede über das Essen habe sie wohl erschlagen. Sie lachte leise, stand auf und sie kehrten ins Wohnzimmer zurück, als wäre nichts gewesen. Erst dort fragte er sich, ob sie ihn nicht aufgefordert hatte. Die Aufforderung freute ihn, die Tatsache, dass er untätig geblieben war, ärgerte ihn. Das dunkle Schlafzimmer schien ihm plötzlich weit weg. Er trank seinen Wein und stand bald darauf auf der Strasse. In der Nacht schlief er schlecht.

Den Schnaps fand er im Keller, die Schlaftabletten in einem Schrank in der Küche. Die Tabletten waren seit ein paar Jahren abgelaufen, der Inhalt war aber fast vollständig. Er löste zwei Schlaftabletten in einem Glas Schnaps auf, den Rest in einem zweiten. Er hatte einmal gelesen, dass viele Selbstmörder den Fehler machten, zu schnell zu viele Tabletten aufs Mal zu schlucken. Sie scheiterten daran, dass sie den Inhalt der Tabletten erbrachen. Wirkungsvoller war es offenbar, eine kleinere Menge wirken zu lassen, um dann erst die tödliche Dosis zu schlucken.

Der Schwere legte den Devisenschieber auf den Tisch, und er untersuchte die Wunde. Er verstand wenig von Verletzungen, hatte aber nicht den Eindruck, dass der Devisenschieber jetzt noch viel Blut verlor. Irgendwo mochte eine Kugel stecken. Er spürte eine leichte Übelkeit aufsteigen, wenn er die zerschlissenen blutigen Kleider allzu genau ansah. Er zupfte etwas an den Kleidern des Devisenschiebers herum und liess sich vom Schweren Handtücher bringen, die er um die Schulter des Devisenschiebers wickelte. Dieser stöhnte leise und trank den Schnaps. Etwas Schnaps schütteten sie auch auf Kleider und Wunde, was der Devisenschieber nicht zu spüren schien.

»Dein Körper braucht Ruhe. Ich habe draussen einen Einachser mit einem Karren gesehen, worauf wir dich legen können. Wir können dich in die Nähe der Bahnstrecke bringen. Von dort kommen wir in die Stadt. Ich habe auf einer Karte gesehen, wo wir sind. Frische Kleider hat es genug im Haus.«

Der Devisenschieber nickte schwach, trank eine halbe Stunde später den zweiten Schnaps und schlief ein.

Aufgrund der Karte konnte er recht gut abschätzen, wo sie sich befanden. Sie waren etwa zehn Kilometer von einem grösseren Ort entfernt, von dem aus eine Eisenbahnlinie auf direktem Weg in die Stadt führte. Von der Stadt aus gesehen verzweigte sich die Eisenbahnlinie in diesem Ort und bildete den spitzen Winkel eines gleichschenkligen Dreiecks, auf dessen Winkelhalbierenden sie sich nun befanden. Näherten sie sich etwas dem grösseren Ort und gingen sie von dort nach rechts oder links, erreichten sie auf beiden Seiten in wenigen Kilometern je eine Haltestelle an der Bahnlinie, die über den grösseren Ort in die Stadt führte. Er sagte zum Schweren:

»Wir fahren mit dem Karren etwas näher, aber nicht zu nahe an die Bahnlinien. Hier etwa. Wir schauen, wie es dem Devisenschieber geht. Am besten teilen wir uns. Du gehst nach links, ich gehe nach rechts die Bahnlinie entlang. Mit etwas Glück schaffen wir es heute Abend noch in die Stadt. Dort habe ich Freunde. Wir können uns morgen oder, wenn es uns nicht reicht, übermorgen am Ost-Brunnen bei den grossen Gärten treffen. Zehn Uhr. Dann sehen wir weiter.«

Fast hätte er angefügt: »Einverstanden?«, aber er vermied die Frage und sagte stattdessen: »Hast du Geld?«

Der Schwere nickte und trug den Devisenschieber zum Karren. Den Devisenschieber bedeckten sie mit leeren Kartoffelsäcken. Er parkte den Lastwagen hinter den ersten Bäumen im Wäldchen. Die Leichen schleiften sie in den Stall. Er war überrascht, wie schwer das Mädchen war. Er schaute nicht auf die Seite, die sich blutig verfärbt haben musste. Er konnte aber nicht vermeiden, dass ihr Kopf hart auf einer Steinplatte aufschlug, die vor dem Eingang des Gemüsegartens lag. Vielleicht hatte er sich das Geräusch nur eingebildet, aber es schien ihm ein unangemessen lautes Aufschlagen ihres Kopfes, der schlaff an ihrem Hals hing. Das Geräusch war ihm unangenehm, auch wenn die Tote natürlich nichts mehr spüren konnte. Er zog behutsamer. Der Schwere arbeitete zielstrebiger.

Mit dem Einachser fuhren sie eine knappe Stunde. Auf der einen Seite sah man schwach die Bahnlinie, oder er glaubte zumindest, er könne sie sehen. Die Orientierung war nicht so schwierig, weil sie einem Bächlein folgen konnten, das jetzt ausgetrocknet war. Mit dem Karren konnten sie über abgemähte Felder fahren. Der Karren holperte, sodass sie den Devisenschieber festhalten mussten, damit er nicht vom Karren fiel.

Vom Devisenschieber hörten sie nichts mehr. Sie hielten an.

»Ich fühle keinen Puls mehr.«

Das stimmte, aber er war sich nicht sicher, ob der Devisenschieber nicht einfach tief schlief. Es spielte keine Rolle. Er legte dem Devisenschieber einen Kartoffelsack über den Kopf. Die Schnapsflasche nahm er an sich. Er würde ein stiller Betrunkener sein, mit dem niemand in Kontakt kommen wollte.

Der Schwere nahm die Waffe des Devisenschiebers an sich. Er spürte den prüfenden Blick des Schweren auf sich, der fachmännisch feststellte, wie viel Schuss Munition noch in der Waffe war. Vielleicht war der Schwere nicht so dumm, wie er gedacht hatte.

Er nahm nochmals die Karte hervor, um sich zu vergewissern, wo sie waren, obwohl er sich dessen auch ohne Prüfung der Karte ziemlich sicher war. »Dort«, wies er den Schweren an, »dort ist die Haltestelle.« Er zeigte in die Richtung der Bahnlinie, die sie schwach erkennen konnten. Er blickte nochmals auf die Karte und schickte sich an, in die Gegenrichtung aufzubrechen. Er verabschiedete sich nicht, auch wenn er versucht war, zu sagen: »Bis morgen oder übermorgen am Brunnen.« Er schwieg aber und lief los, ohne Hast, aber auch nicht zögerlich.

Er fragte sich, ob ihn der Schwere eher erschiessen oder erschlagen würde. Er dachte an die Bäuerin, die der Schwere mühelos zertreten hatte.

Mit der Eintrittskarte hatte sie ihn auf dem Steueramt ins Naturkundemuseum eingeladen, vielleicht ein halbes Jahr nach dem Essen und dem Besuch im Schlafzimmer. Im Museum waren sie noch nie gemeinsam gewesen. Er kannte das Museum von Besuchen aus der Schulzeit. Als kleines Kind hatten ihm die ausgestopften Tiere gut gefallen, vor allem die Vögel mit ihren leuchtenden Farben.

Den Wolf beneidete er um sein schönes Fell. In den Märchen war der Wolf immer böse und grau gewesen. Kein Kind zeichnete gerne mit grauen Stiften. Aber im Museum sah er, dass das Fell des Wolfes nicht grau war, sondern aus einer Mischung hellerer und dunklerer Haare bestand, und dass das Fell glänzte. Er ging gerne ins Museum, bis er einmal sah, wie ein Angestellter des Museums einen Vogel entstaubte. Er war natürlich alt genug, um zu verstehen, dass alle Tiere im Museum tot waren. Aber die ausgestopften Tiere wirkten so lebendig, dass man sie sich lebend vorstellen konnte. Ein Tier, das sein Fell oder Gefieder nicht selbst putzen konnte, empfand er als etwas Trauriges.

Ähnliches hatte er einmal über Kakteen gelesen. Ein Kaktus stirbt von innen. Sein Äusseres bleibt lange intakt, auch wenn der Kaktus innerlich von Fäulnis zerfressen ist. Eigentlich ist es nicht Fäulnis. Es ist papierne Trockenheit. Er lässt seine Wurzeln fahren. Der Kaktus wird leichter. Am Ende steht er leicht und ausgehöhlt, einer Maske gleich. Er wahrt sein Äusseres. Seine Stacheln täuschen Wehrhaftigkeit vor, sind aber nichts als sein Totenhemd. Ein Windstoss genügt. Der Kaktus stürzt. Leicht segelt er durch die Luft und zerfällt.

Diese Gedanken spielten im Moment, als er das Museum betrat, keine Rolle. Er dachte an sie und ihre Einladung. »Kompromiss unserer Welten« stand auf der Eintrittskarte.

Sie betrachteten eine Sonderausstellung über Biber. Die Biber waren grossartige Architekten und bauten wunderbare Dämme und Höhlen. Besonders klug schienen die Biber aber nicht zu sein, da sie offenbar Mühe mit einer Umgebung hatten, auf die ihr üblicher Bauplan nicht passte. Es fehlte ihnen an geistiger Flexibilität.

Sie scherzten über die Biber, und er fragte:

»Wärst du gerne ein Biber? Die Höhle ist sicher und warm.«

»Ich weiss es nicht. Die Höhle ist feucht. Und dunkel, stockdunkel, auch wenn draussen die Sonne scheint. Ich weiss nicht, ob ich so leben möchte.«

Sie gingen weiter, und er dachte sich nichts dabei. Dann blieb sie abrupt stehen und sagte:

»Es ist schön, dass du gekommen bist. Ich sehe dich wirklich sehr gerne. Aber jetzt muss ich mich um meine Prüfungen kümmern. Es ist nicht nur die Zeit, ich… Ich denke, es ist besser, wenn wir uns eine gewisse Zeit nicht sehen. Ich… Es ist alles so schwierig geworden, so unklar, ich bin unklar, ich…«

Sie brach ab. Er entgegnete fest:

»Ich sehe dich gerne, und eigentlich glaube ich, dass du mich auch gerne siehst. Ich habe kein Problem, dich auch nur alle drei Monate zu sehen. Vielleicht habe ich mich in letzter Zeit etwas viel gemeldet.«

»Es ist nicht… Es ist nicht das, es… Ja, ich sehe dich auch gerne, ja… aber… ach, es ist so schwierig.«

Sie war in diesem Moment schöner als je zuvor.

»Möchtest du gehen? Wollen wir später darüber reden?«

»Ja, ich glaube, ich möchte gehen, bitte verzeih mir, ich hätte dich nicht herbestellen sollen, es war ein Fehler, ich dachte … es … aber nein, ich glaube, ich gehe jetzt.«

Sie hatte sich wieder etwas gefasst. Er begleitete sie nach draussen und sah ihr zu, wie sie sich in Richtung der Haltestelle einer Strassenbahn entfernte, eigentlich eine Linie, die in die falsche Richtung fuhr, aber er nahm an, dass sie den Ort wohl einfach so schnell wie möglich verlassen wollte. Er vermutete, dass sie einmal fast hätte zurückblicken wollen, doch er hatte sich geirrt, und sie verschwand bald inmitten der Leute. Als die Strassenbahn an ihm vorbeifuhr, sah er sie nicht.

Er ging zurück ins Museum und schritt nochmals genau den Weg ab, den sie gegangen waren, als ob er dort hätte sehen können, was eigentlich geschehen war.

Er fragte sich später oft, ob sie ihn ins Museum geladen hatte, um ihm zu sagen, was sie gesagt hatte. Irgendwie glaubte er nicht daran, sonst hätte er die Karte nicht behalten. Bis und mit Karte schien ihm alles richtig. Es mochte das Museum sein, es mochten die Biber sein, es mochte der Besuch im Schlafzimmer sein, es mochte sein, dass sie in ihm immer noch den Unversehrten sah. Er wusste es nicht. Auf jeden Fall traf er sie nicht mehr.

Was bald darauf geschah, war eine Folge vorsehbarer und vermeidbarer Fehler. Er lud seine spätere Frau zum Nachtessen ein. Er kannte sie vom Geschäft, in dem er seine Hemden kaufte, und seine Frage nach einem gemeinsamen Essen stellte er so ungerührt, wie wenn er sich danach erkundigt hätte, ob es das Hemd, das er kaufen wollte, auch noch kleiner gäbe. Er mochte bestimmt gewirkt haben. An das Nachtessen erinnerte er sich nur undeutlich, was nicht nur damit zusammenhing, dass er zu viel trank. Er wusste nur noch, dass auf dem Bierdeckel ein vulkanartiger Berg mit Gletschern gezeichnet war, der auf der schwarzen Tischplatte leuchtete. Geschrieben stand: »Entdecke Kälte und Kraft des Südens – Mount Erebus.« Er sah diesen Berg, jedes Mal, wenn er sein Glas hob, und er hob sein Glas oft, nicht nur, aber auch wegen dieses verfluchten Berges, der sich irrlichternd vom Schwarz der Tischplatte abhob.

Bald war er in ihrer Wohnung und bald in ihr, was nicht unangenehm, aber bedeutungslos war, ähnlich, wie wenn er selbst Hand angelegt hätte. Sie war weich und warm und bald darauf schwanger. Er heiratete sie. Er hatte kein Mitleid mit ihr, nur den Sohn bedauerte er, den er geliebt hätte, wenn ihm dies möglich gewesen wäre. Er konnte aber nicht. Er sah im Sohn seine Frau, was nicht der Fehler des Kindes war. Das Unrecht zu verstehen half ihm wenig, es nicht geschehen zu lassen.

Der Lehrer

Er erreichte die Bahnlinie ohne Zwischenfälle. Er konnte auch eine Bahnkarte erstehen, die ihn von der Stadt wegführte. Wenn irgendwo nach ihnen gesucht werden sollte, dann in dem Ort, in dem sich die Bahnlinien trafen und eine von ihnen direkt in die Stadt führte. Er aber fuhr in die andere Richtung. Er fuhr tiefer in das Gebiet, in dem er nicht willkommen war.

Der Bahnhof war trist, wie alles in dieser Gegend. Die Geleise waren schon etwas mit Gras überwachsen, besonders dort, wo die Strecke von der Hauptlinie wegführte und vielleicht einmal als Anschlussgeleise an eine Fabrik diente, die es heute nicht mehr gab. Der Bahnhof war nicht eigentlich schmutzig, aber es gab keinen Fahrplan oder andere Aushänger, die sich nicht schon verfärbt hatten. Jedes Schild aus Metall hatte Rost angesetzt, diskret an den Ecken zwar und vermutlich mehr auf der Hinterseite. Rost ist unerbittlich. Die wenigen Menschen am Bahnhof passten in diese Umgebung. Es war gut, diese Gegend zu verlassen.

Unschlüssig war er, ob er die Waffe behalten sollte. Würde er von der Polizei durchsucht und würde bei ihm eine Waffe gefunden, hätte er kaum eine plausible Erklärung. Auf jeden Fall zöge eine Waffe weitere Abklärungen nach sich, was ihn unweigerlich entlarvte.

Er hatte den Personalausweis des toten Bauern an sich genommen. Das Foto glich ihm leidlich, der Ausweis war schon alt, und er fand, dass das Foto auch dem toten Bauern nicht stark geglichen hatte. Er war ein paar Jahre jünger als der Bauer, aber die drei Monate im Lager waren nicht spurlos an ihm vorbeigegangen. Im Spiegel im Bauernhaus hatte er sich überzeugt, dass man sein Alter auf Mitte vierzig schätzen konnte. Den Bart hatte er etwas gestutzt, das Haar überhaupt nicht.

Der Zweck seiner Reise war der Tod seiner Mutter. Das war ein guter Grund, weshalb ein Trinker auf Reisen geht. Das Erbe mochte klein sein, aber es galt zu verhindern, dass der ungeliebte Bruder alles bekam. Die Beerdigung hatte er verpasst. Das alles hätte er natürlich nur gesagt, wenn er sich länger mit Sicherheitsbeamten hätte unterhalten müssen. Die Geschichte wäre die letzte Karte gewesen, die er hätte spielen können. Er hoffte, dass es dazu nicht kommen würde. Mit dem Akzent seiner Grossmutter durfte er sich einigermassen sicher fühlen.

Er behielt die Waffe. Sollten sich Beamte dafür entscheiden, ihn zu durchsuchen, hätten sie wohl auch Erkundigungen über ihn eingezogen. Ein Anruf ins Haus seiner angeblich toten Mutter, dessen Adresse und Anschluss er frei erfunden hatte, wäre sein Ende gewesen. Der Schutz seiner Geschichte lag in der Banalität, nicht in der Überprüfbarkeit. Gute Lügen sind einfach. Der Schutz der Waffe war vermutlich eine Illusion. Doch die möglichen Nachteile der Waffe konnte man in Kauf nehmen.

Der Zug sollte ihn zu einer Station am Fuss eines langgezogenen Gebirges führen. Die Gegend war wenig besiedelt. Von dort aus war es ein guter Tagesmarsch zu einem Seengebiet, das bei Touristen beliebt war und von dem man zuverlässig in die Stadt gelangen konnte. Er hatte genügend Geld, sich im Seengebiet neue Kleider zu kaufen und in die Masse der Wanderer einzutauchen. Er kannte den Weg nicht genau, hatte aber das Seengebiet ein paarmal besucht. Im Bauernhof hatte er Karten gefunden, die zwar nicht für das Wandern gedacht waren, deren Massstab aber doch gross genug war, um die allgemeine Marschrichtung festlegen zu können. Zudem rechnete er mit Wegmarkierungen.

Womit er nicht rechnete, war, dass er am Bahnhof angesprochen wurde.

»Warum trinkst du? Du bist doch noch jung. Du kannst arbeiten.«

Der Fragende war ein älterer Mann, vielleicht ein pensionierter Lehrer, den er auch dann nicht gemocht hätte, wenn sie sich unter anderen Umständen begegnet wären.

»Was?«, lallte er, allerdings nicht zu stark, sondern eher wie jemand, der sich bemüht, deutlich zu sprechen, dies aber nur noch unvollkommen kann und auch dafür ein Höchstmass an Konzentration aufbieten muss. Er hatte unterwegs einen Schluck Schnaps genommen, nicht zu viel, um klaren Kopf zu behalten, aber doch genug, um etwas nach Alkohol zu riechen. Er spülte den Mund mit Schnaps und strich sich etwas ins Gesicht.

»Ich frage dich, weshalb du trinkst. Hast du keine Familie?«

»Was geht dich das an?«

»Trunkenbolde wie dich müssen wir füttern. Schämst du dich nicht?«

Er lachte und hustete. Die Situation gefiel ihm nicht. Es schauten schon ein paar Leute zu ihnen herüber. Eine Mutter mit ihrer halbwüchsigen Tochter musterte ihn, als hätte sie bemerkt, dass die Kleider, die er trug, nicht ihm gehörten. Er fühlte sich ertappt. Er war auch nicht sicher, ob er wusste, was ein Trunkenbold auf dem Land jetzt sagen würde. Er könnte zwar die Aussprache nachahmen, aber nicht die Dumpfheit. Er könnte vielleicht davonlaufen, aber dann würde er den Zug verpassen und besonderen Verdacht erregen, wenn er später wiederkäme.

Er überlegte sich noch eine Antwort, als er spürte, dass er weinen musste. Er liess es geschehen. Tränen strömten über sein regungsloses Gesicht. Es war ein lautloses Weinen. Alles verschwamm, bis er endlich mit dem schmutzigen Ärmel das Gesicht abwischte. Der Ärmel war nass. Das Weinen war echt, solches Weinen konnte man nicht spielen. Es war unecht, weil es natürlich nichts mit der Frage zu tun hatte, ob er sich als Trinker schämte.

Der Lehrer hatte sich abgewandt. Er mochte noch etwas gesagt haben wie, das werde schon wieder, oder so. Jetzt entfernte er sich und schaute betreten zur Seite. Die Mutter mit der Tochter war stark mit ihren Taschen beschäftigt, und nur das Mädchen warf ihm einen verstohlenen Blick zu. Bis zur Abfahrt des Zuges liess man ihn in Ruhe. Die Tränen hatten eine rettende Distanz zu den anderen Passagieren geschaffen. Er wunderte sich, dass, wer anderen Menschen seine Bedürftigkeit zeigte, sie damit von sich fernhielt.

Er hatte sich überlegt, ob er sie zu seiner Hochzeit einladen sollte, nicht die kirchliche Hochzeit auf dem Lande, von wo seine Frau herstammte, sondern zu einem Umtrunk in der Stadt, den er mit seinen Bekannten von der Universität nach der Trauung auf dem Standesamt durchführen wollte. Er lud sie nicht ein. Er hätte sie zwar gerne in seiner Nähe gehabt, hätte vielleicht gerne gesehen, ob sie etwas empfand, ihn heiraten zu sehen. Aber er wusste, dass diese Hochzeit so unerträglich falsch war, und er war selbst nicht sicher, ob er es ertragen würde, sie zu sehen. Überdies hätte er seiner zukünftigen Frau vielleicht erklären müssen, wer sie war. Was hätte er sagen sollen? Die Frau mit dem Leuchter? Die Frau, die er liebte?

Also schickte er ihr nur eine Karte ohne persönliche Notiz. Es gab nichts zu berichten. Sie schrieb nicht zurück. Als er ihr die Geburtsanzeige seines Sohnes zustellte, erhielt er von ihr eine Karte mit drei Luftballons, die an Belanglosigkeit kaum zu übertreffen war. Eigentlich war er froh, dass sie nichts Persönliches zur Geburt seines Sohnes sandte. Froh war er aber auch, dass er von ihr bisher keine Hochzeitsanzeige erhalten hatte.

Die Hochzeit ist ein Vertrag. Verträge kann man auflösen. Aber trotzdem konnte man nicht beliebig oft heiraten. Und man konnte nicht beliebig oft Kinder zeugen. Das wurde ihm an seiner eigenen Hochzeit bewusst, allerdings nicht, als der Pfarrer sprach, nicht, als er die Braut küsste, nicht, als er mit ihr zu schlafen versuchte. Letzteres war weder nötig, da sie schon schwanger war, noch hätte sie es gewünscht, da er so betrunken war, dass er sich nur mit Mühe zurückhalten konnte, sich zu übergeben. Also verzichteten sie darauf.

Aber die Hochzeit ist nicht belanglos. Ein entfernter Onkel, der noch betrunkener war als er, sagte zu ihm:

»Siehst du, wo du bist? Du bist ein Stadtmensch, jetzt bist du auf dem Lande. Du bist noch immer ein Stadtmensch, du bist keiner von uns, wirst keiner sein wie wir, was du vielleicht und zu Recht gar nicht sein möchtest, nicht sein möchtest. Das ist auch kein Vorwurf, du siehst, du siehst ordentlich aus.«

Ein stärkender Schluck und unbeholfenes Anstossen. Ein Kommentar schien überflüssig.

»Also, aber, etwas bist du geworden, etwas von hier wirst du, du siehst dich hier herum, herum, du bist hier, mehr als jeder andere, ein Teil, das färbt ab, ob du willst oder nicht. Du bist mit ihr und sie mit dir, das geht schneller als man denkt, ich kam auch hierher von weit her, und was bin ich noch anderes als ein Teil von hier. Wenn du meinst, nur Männer geben Frauen etwas, du verstehst, also dann irrst du, du bist schon mehr, ähnlicher, als, als, wie sie, vielleicht, vielleicht ist dir das recht so, aber ich weiss nicht. Du bist ein ordentlicher Kerl. Stossen wir an!«

Nochmals Anstossen, etwas gezielter. Was an Ausführungen folgte, war noch verworrener. Aber er fürchtete, schon mehr Frau und Sohn zu sein, als er sein sollte. Die Rückkehr in den leichten weissen Schnee des Russlandfeldzugs mit ihr und dem Leuchter war nicht mehr möglich. Er war verheiratet und sie erwarteten ein Kind.

Er schaute auf seinen neuen glänzenden Ehering. Er hob leicht die Hand, dann die andere, als ob er das Gewicht seiner Hände vergleichen wollte. Er fühlte keinen Unterschied und wiederholte den Versuch. Er blickte auf und sah, dass ihn seine Frau beobachtet haben musste. Ihr Gesicht war freundlich. Für einen kurzen Moment schauten sie sich an, als wären sie Mann und Frau.

Es war die Kohlsuppe. Es war der Geruch nach Kohlsuppe. Er hatte lange keine Suppe mehr gegessen, wie sie seine Grossmutter gekocht hatte. Aus der Ferne roch sie genau gleich, nicht ohne Aufdringlichkeit, aber kräftig, gemischt mit dem Rauch eines Holzfeuers.

Er roch die Suppe, bevor er die Berghütte sah. Er wusste, dass er um die Hütte einen Bogen machen musste.

Er war von der Haltestelle des Zuges am frühen Abend losmarschiert. Den ganzen Weg bis ins Seengebiet schätzte er auf etwa zehn Stunden. Es war ein Spätsommertag im August, und in der Nacht würde es nicht richtig kalt werden, dazu war der Passübergang nicht hoch genug. Er würde bei Bedarf ein, zwei Stunden schlafen, bis ihn die Kälte weitertrieb. Er hatte im Bauernhof nicht nach einer Lampe gesucht und hoffte jetzt, Mond und Sterne würden genügend Licht spenden, um dem Weg zu folgen. Im schlimmsten Fall würde er gegen die Kälte kleine Kreise gehen, um sich nicht zu verlaufen. Er war jetzt gute zwei Stunden unterwegs. Das letzte Licht war zwar spärlich, doch der Weg war klar genug zu sehen, sodass er damit rechnete, noch ein bis zwei Stunden weitergehen zu können. Anschliessend war ohnehin eine Rast angezeigt.

Dann roch er die Kohlsuppe und sah bald darauf die Hütte. Er merkte, wie hungrig er war. Auf dem Bauernhof hatte er zwar im Stehen zwei Stück Brot und etwas Käse gegessen, aber weder der blutende Devisenschieber noch die Toten vor dem Haus waren besonders appetitanregend. Am Abfahrtsbahnhof wollte er nichts kaufen, weil er das für einen Trinker unpassend hielt. Bei der Ankunft war er froh, die Bahnlinie und die wenigen Menschen hinter sich zu lassen. Den Schnaps hatte er in den Bach geleert und die Flasche mit frischem Wasser aufgefüllt, nicht ohne an die Fische und Biber zu denken, die vielleicht den Alkohol noch schmecken würden. Zu essen hatte er nichts dabei.

Er griff nach der Waffe. In der anbrechenden Dunkelheit war er froh, sie mitgenommen zu haben. Er näherte sich der Berghütte auf vielleicht fünfzig Schritte. Die Tür öffnete sich und im Schein des Lichts zeichnete sich eine Gestalt ab. Der Geruch nach Kohlsuppe wurde stärker. Er erinnerte sich an eine Geschichte, wonach im Weltkrieg ein Lagerkommandant die Gefangenen mit dem Geruch von Suppe gefoltert und Spitzel damit gefüttert haben soll. Ob es eine tatsächliche Begebenheit oder eine erfundene Geschichte gewesen war, wusste er nicht mehr. Auf jeden Fall schien ihm jetzt die Geschichte glaubhaft.

Das Licht aus der Hütte war unnatürlich hell und schien die Gestalt im Türrahmen fast zu überfluten, obwohl es von hinten kam. Er näherte sich der Gestalt und sagte:

»Guten Abend. Ich muss irgendwie vom Weg abgekommen sein. Es ist rascher dunkel geworden, als ich es erwartet habe.«

Die Gestalt antwortete:

»Komm herein. Ich habe gerade Suppe gekocht.«

Er zögerte. Er griff mit der Hand zur Waffe, die er in der breiten Tasche der Hose des Bauern hatte. Er meinte, die Gestalt blicke zu seiner Schnapsflasche, sodass er sagte:

»Es ist nur Wasser.«

Ihm war klar, dass es reichlich seltsam war, dass ein Wanderer sein Wasser in einer Schnapsflasche mitführte.

Er näherte sich der Tür. Wenn er schiessen wollte, wäre nun die Gelegenheit günstig. Er beliess aber die Waffe in seiner Hosentasche und ging weiter auf die Gestalt zu. Er konnte mehr erkennen. Es war ein Mann zwischen fünfzig und sechzig mit einem gepflegten, leicht ergrauten Bart. Das Gesicht war kantig, kein Gesicht, das er sofort einem Bauern zugeordnet hätte. Der Mann war kräftig, nicht übergewichtig. Schuhe und Hose waren abgetragen, und man sah die Spuren der Arbeit mit dem Vieh. Das Hemd wirkte neu oder frisch gewaschen.

Der Mann trat zur Seite und machte Platz, sodass er eintreten konnte. Er wusste, dass er im Moment des Eintretens dem Mann den Rücken zukehren musste. Er dachte an den Schweren, der ihn von hinten hätte erschlagen können, als sie sich an den Bahnlinien trennten. Er hätte den Mann immer noch erschiessen können. Er dachte zum ersten Mal an die anderen Gefangenen, die sie nach der Überwältigung der Bewacher hinter der Böschung zurückgelassen hatten. Es mochte sein, dass aufgrund der schieren Anzahl der Gefangenen noch der eine oder andere auf der Flucht war, aber mit höchstens einer Waffe für zwei Dutzend Leute, kaum Geld und Kleidern war es unwahrscheinlich, dass sie in diesem feindlichen Umfeld lange durchhielten. Im Gegensatz zu ihm verrieten sich die meisten schon durch ihre Sprache. Er dachte an den Devisenschieber, der verblutet oder vergiftet unter einem Kartoffelsack auf einem Karren lag. Und er dachte an den Schweren, der mit grosser Wahrscheinlichkeit wieder verhaftet worden war, wenn er denn wirklich in Richtung Stadt gefahren sein sollte.

Er war also möglicherweise der Letzte, der vergleichsweise weit gekommen war und dessen Chancen intakt waren. Sollte er dies aufs Spiel setzen wegen eines Tellers Kohlsuppe?

Er dachte an sie. Sie waren zwei-, dreimal auf ausgedehnte Spaziergänge gegangen in der Umgebung der Stadt. Sie tat dies möglicherweise ihm zuliebe, aber er dachte, sie habe die Ausflüge geschätzt. Auf jeden Fall sagte sie einmal sinngemäss:

»Es ist seltsam, wie man plötzlich einen Schluck lauwarmes Wasser aus einer Feldflasche und einen Apfel zu schätzen beginnt. Wir können einfache Dinge doch sonst gar nicht wahrnehmen. Wir merken immer nur, was uns fehlt, nicht aber, was wir haben.«

Ihr hätte die Wanderung zu einer Hütte gefallen, in der sie mit wohlriechender Kohlsuppe empfangen worden wären. Sie hätten die Suppe gegessen und wären draussen sitzen geblieben, bis die Dunkelheit sie umschlossen und nur ein paar Sterne zögerlich den Himmel erleuchtet hätten. Dann wären sie in die Wärme der Hütte zurückgekehrt.

Jetzt war er im Begriff, eine Hütte zu betreten, und musste damit rechnen, sie nicht mehr lebend zu verlassen. Trotzdem trat er ein. Überflüssigerweise wünschte er nochmals guten Abend. Er duzte den Bewohner der Hütte ebenfalls.

Er sah, dass der Tisch gedeckt und die Kohlsuppe schon in einem Teller angerichtet war. Er war etwas beruhigt, dass er nur einen Teller sah. Er musste damit wohl nur einen Gegner überwältigen, wenn es dazu käme. Weshalb aber der Mann vor die Hütte getreten war, als er ziemlich weit entfernt war, schien ihm nicht geheuer. Der Mann stellte auch keinerlei Fragen, sondern sagte:

»Ich hole noch einen Teller. Es hat genug. Setz dich. Nimmst du einen Schluck Wein?«

Die Frage verwirrte ihn. Ohne nachzudenken, sagte er Ja und setzte sich an den Platz, an dem der Mann gesessen wäre. Er überlegte kurz, ob das höflich war, aber so sass er auf einer Bank mit dem Rücken zur Wand und würde den Mann immer sehen.

Der Mann brachte Suppe und Wein. Als er sah, dass sein Gast einen diskreten prüfenden Blick auf den Wein warf, trank er das Wasser in seinem Glas aus und schenkte sich selbst etwas Wein ein. Ohne Trinkspruch nahm er einen Schluck und schaute auf sein Gegenüber:

»Es kommen wenige Leute in diese abgelegene Gegend. Ich schätze die Einsamkeit. Der Umgang mit dem Vieh ist einfach.«

Sie assen schweigend etwas Suppe. Dann fuhr der Mann fort:

»Ich war Priester in einem Ort in der Ebene. Am Ende konnte ich nicht mehr vor die Leute stehen. Die Leute wollten Gerechtigkeit, Rache, Trost. Die Heilige Schrift gibt den Leuten aber selten die Gerechtigkeit und erst recht nicht die Rache, die sie wollen. Andere Priester sagten den Leuten, was sie hören wollten. Ich tat es nicht. Ich spendete Trost. Am Ende konnte ich keinen Trost mehr spenden. Die Leute hätten ihn ohnehin nicht mehr gewollt.«

Er nahm einige Löffel Suppe, bevor er fortfuhr.

»Jetzt hüte ich das Vieh. Das Vieh ist zufrieden, wenn ich es versorge. Die Arbeit ist einfach, aber das sagte ich schon.«

Er ass weiter. Nun war es offensichtlich am Gast, etwas zu sagen:

»Ich weiss nicht, ob ich Vieh hüten möchte. Ich bin eher ein Stadtmensch. Ich weiss nicht. Aber es ist auch nicht immer einfach. Die Kohlsuppe ist gut.«

Der Priester lächelte fein und sagte:

»Wenn man Hunger hat, schmeckt vieles gut. Viele litten in dieser Gegend Hunger. Kennst du die alte Geschichte vom Fuchs und vom Bauern, die man sich hier erzählt?«

Er nickte, liess aber den Priester fortfahren:

»Der Fuchs kommt zum Bauern und sieht diesen hart auf dem Feld arbeiten. Der Fuchs sagt zum Bauern: ›Nimm deine Ochsen und spann sie vor den Pflug. Dann wird die Arbeit leichter.‹ Das tut der Bauer und kann im Herbst die Ernte verdoppeln. Im Winter kommt der Fuchs wieder und sieht den Bauern jagen. Er sagt zum Bauern: ›Weshalb fütterst du die hungrigen Hirsche nicht erst, bevor du sie erlegst? Dann wirst du mehr Fleisch haben.‹ Auch das tut der Bauer und leidet im Winter keinen Hunger. Im Frühling kommt der Fuchs wieder. Der Bauer führt den Fuchs in den Keller und erschlägt ihn.«

Diesmal war es am Gast zu lächeln:

»Ja, ich kenne die Geschichte. Mein Grossvater hat mir diese Geschichte oft erzählt. Er wusste, dass ich die Geschichte nicht mochte. Ich habe ihn immer und immer wieder gefragt, weshalb der Bauer den Fuchs tötet. Er hat mir nie eine Antwort gegeben und immer nur gelächelt.«

Der Priester schwieg, sodass er fortfuhr:

»Die Grossmutter hatte dem Grossvater verboten, die Geschichte zu erzählen. ›Du siehst doch, dass du den Jungen plagst, lass ihn‹, pflegte sie zu sagen. Aber er erzählte die Geschichte doch immer wieder. Ich glaube sogar, dass es seine liebste Geschichte war, nicht nur, weil er mich damit aufziehen konnte. Ich habe die Geschichte sicher seit zwanzig Jahren nicht mehr gehört. Weshalb gerade hier?«

»Man sagt, die Geschichte komme aus einem der Dörfer hier.«

»Kannst du die Geschichte erklären?«

»Ich habe die Geschichte immer als Abwandlung der Vertreibung aus dem Paradies verstanden. Der Fuchs bringt dem Bauern Erkenntnis, aber der Bauer will sie eigentlich nicht. Adam nimmt von der Schlange nicht den Apfel, sondern erschlägt sie. Wir werden nie die Menschen, die wir heute sind. Aber das hat vielleicht nur damit zu tun, dass ich Priester war. Heute frage ich mich mehr, weshalb der Bauer zuerst eine reiche Ernte einfährt und dann den Fuchs, der wohl eine Belohnung erwartet, in den Keller lockt und erschlägt, statt dass er ihn einfach wegschickt.«

»Es liegt mindestens keine grosse Dankbarkeit im Verhalten des Bauern.«

Diesmal mussten beide lächeln. Der Priester fragte: »Willst du mir auch eine Geschichte erzählen?«

»Ich weiss nicht. Ich weiss nicht, ob ich Geschichten erzählen kann.«

Er überlegte. Für einen kurzen Moment dachte er an den Bibliothekar, der mit ihm über Beethoven gesprochen hatte. Dieser hatte die Zeit des Wassertrinkens verpasst. Als das Wasser abgestellt wurde, fiel er vor dem Wasserhahn auf die Knie und hielt seine rechte Hand hin, um die letzten Tropfen aufzufangen. Aber es war nur noch ein schwaches Tröpfeln, und der Tag war heiss. Der Bibliothekar schaute auf seine schwach befeuchtete Hand, dann auf beide Handrücken, drehte die Hände wieder um und formte schliesslich mit beiden Händen eine Schale. In dieser Haltung blickte der Bibliothekar zu ihm auf, der sich zufälligerweise in der Nähe befand. Die Haltung des Bibliothekars hatte etwas Biblisches, das nicht recht einzuordnen war. Wasser, Hände, Opferschale, Aufblicken. Ein mittelalterliches Gemälde. Oder ein Gleichnis, dessen Sinn nicht zu verstehen war. Der Bibliothekar bot an und begehrte. Zu helfen war ihm nicht. Der Bibliothekar legte sich zur Seite hin, als wollte er sich den Rücken in der Sonne wärmen. Als sich alle Umstehenden in den Schatten entfernt hatten, holten ihn die Wachen.

Das war keine Geschichte, die man erzählen konnte. Auch hatte er sich in diesem Moment dem Bibliothekar näher gefühlt, als ihm lieb war. Vielleicht wäre Helfen notwendig gewesen, obwohl oder gerade weil man nicht helfen konnte. Das Paradox war unangenehm. Er wusste keine Antwort.

Zum Priester aber sagte er:

»Als Kind stand ich einmal vor einem brennenden Haus. In einem der oberen Stockwerke öffnete sich ein Fenster. Ein Mann schaute heraus und prüfte, ob er sich über das Fenster retten könnte. Aber zum Springen war es viel zu hoch, und zu einem nächsten Fenster konnte man nicht gelangen. Das Feuer hatte das Zimmer erreicht, und der Mann musste die Hitze am Rücken spüren. Er lehnte sich nochmals aus dem Fenster und erwog zu springen. Er nahm aber den Oberkörper zurück und duckte sich hinter dem Fenster, vielleicht, weil es unten noch am vergleichsweise kühlsten gewesen war. Ich weiss nicht, was mit dem Mann geschehen ist. Meine Mutter zog mich weg.«

Er hatte diese Geschichte frei erfunden und stand unter dem Eindruck, der Priester wisse es. Dieser aber fragte:

»Was hättest du gemacht?«

»Ich weiss es nicht. Ich glaube auch nicht, dass man es wissen kann, bevor man in dieser Situation ist.«

»Das ist wahr.«

Er wollte noch etwas sagen, zögerte aber. Der Priester sah ihn aufmunternd an, sodass er fortfuhr:

»Eine Geschichte aus der Bibel verstehe ich nicht. Also, ich habe die Bibel wenig gelesen, sodass ich wenige Geschichten kenne, und ich weiss auch nicht, ob ich diese Geschichte richtig im Kopf habe, die ich meine. Es ist lange her. Es ist die Geschichte von Hiob, der bekanntlich alles verliert. Gott nimmt ihm alles weg, aber Hiob zweifelt nicht an Gott. Am Schluss wird Hiob belohnt. Er bekommt alles doppelt und dreifach zurück.«

»Du hast die Geschichte gut im Kopf. Gott lässt Satan gewähren. Er sagt: ›Siehe da, er sei in deiner Hand, doch schone sein Leben.‹«

»Also das Zurückgeben, das verstehe ich, soweit es Haus und Hof betrifft. Aber er bekommt, wenn ich mich richtig erinnere, auch Frau und Kind mehrfach zurück. Bei den Frauen weiss ich es nicht mehr genau, aber bei den Kindern bin ich mir ziemlich sicher, dass er einfach mehr neue Kinder bekommt, also …«

Er machte eine Pause und schaute den Priester an. Dieser sagte:

»Du bist nicht der Einzige, der mit dieser Geschichte Mühe hat. Hiobs Frau sagt: ›Fluche Gott und stirb.‹ Aber was stört dich?«

»Ich bin nicht sicher. Vielleicht, dass Hiob nicht aufbegehren, nicht sprechen konnte. Er müsste ja Gott nicht infrage stellen.«

»Das ist ein durchaus begründeter Einwand. Aber Hiob versucht es. Er begehrt auf. Seine Freunde treten als eine Art Anwälte Gottes auf.«

»Und dann vielleicht auch, dass Frau und Kinder einfach geopfert werden. Sie spielen keine Rolle. Sie sind Spielfiguren, die man am Ende wieder hervorholt. Gut, ich verstehe, die Bibel ist alt, und vielleicht ist es gar nicht das, was mich stört. Vielleicht stört mich mehr, dass Hiob jetzt mehr haben soll als vorher. Aber weshalb sollte er jetzt glücklicher sein, nur weil er mehr Kinder hat? Vielleicht hatte er seine Frau geliebt und vergisst den Schmerz nicht, sie verloren zu haben. Oder soll es kein Schmerz sein, wenn man von Gott geprüft wird und weiss, dass es eine Prüfung ist? Irgendwie geht für mich die Geschichte nicht auf, wenn man Menschen wie Besitztümer behandelt, die man zurückzahlen kann. Es ist naiv. Aber vielleicht ist dieser Punkt unwichtig.«

»Was hättest du Hiob gegeben, wenn du Gott wärst?«

»Ich weiss es nicht. Es ist ja nur eine Geschichte.«

»Hättest du Hiob vergessen lassen? Hättest du ihm seine Unversehrtheit zurückgegeben?«

Da war es wieder, dieses Wort, dieses eine Wort, das sie ihm gesagt hatte, damals in der Kirche, dieses Wort, auf das er keine Entgegnung gefunden hatte. Er schaute den Priester an, konnte in dessen Gesicht aber nichts lesen. Er sagte nur:

»Kann man das, selbst wenn man ein allmächtiger Gott ist?«

Er sprach mit einem Unterton, der nicht ohne Wut war, auch wenn er es anders gewollt hatte. Er trank sein Weinglas aus.

Hätte er sie unversehrt gemacht, wenn er es gekonnt hätte? Er hatte sich ihre Unversehrtheit gewünscht, hatte ihre Versehrtheit verflucht, diesen Felssturz, der zwischen ihren Welten lag und den er nicht überwinden konnte. Hätte es überhaupt etwas genützt?

Es war das Letzte, woran er sich erinnern konnte.

Ein paar Jahre nach seiner Hochzeit meldete sie sich. Sie schickte ihm ein kleines Büchlein. Es war »Antigone«. Das Büchlein war alt und schon etwas zerschlissen. Auf dem Büchlein lag ein schmuckloser Zettel, auf dem man eher eine Einkaufsliste als eine persönliche Notiz erwartet hätte. Sie schrieb:

»Erinnerst du dich, dass dich die Figur des Kreon beschäftigt hat? Ich weiss nicht, ob du Kreon bist. Ich bin nicht Antigone.«

Keine Anrede. Kein Gruss. Keine Unterschrift.

Er rätselte etwas über ihren Text. Noch mehr überraschte ihn, dass sie ihm das Buch gewidmet hatte. Sie schrieb:

»DIR«, nichts weiter, einfach »DIR« in Grossbuchstaben quer über die halbe erste Seite, als wenn es nur ihn als Leser dieses Stückes gäbe, als wenn es nur sie gäbe.

Er hielt das Büchlein in beiden Händen. Er las das ganze Stück. Als Buchzeichen verwendete er die Eintrittskarte ins Naturkundemuseum. Ab und zu blätterte er nach vorne und las die Widmung. Es war wieder wie nach dem Russlandfeldzug. Er hielt wieder einen Schatz in den Händen. Alles um ihn herum war von ihr erfüllt.

Seiner Frau fiel nichts auf. Sie las keine klassischen Stücke. Er stellte das Buch ins Bücherregal. Es hätte auch keine Rolle gespielt, wenn sie die Widmung gesehen hätte. Sie hätte die Widmung weder verstanden noch hätte er sie erklärt. Sie war in dieser Zeit ohnehin stark mit dem Sohn beschäftigt. Dieser weinte oft, vor allem am Abend. Er fürchtete sich vor der Dunkelheit.

Am nächsten Morgen wachte er auf, weil es kalt in der Stube geworden war. Er musste auf der Bank, auf der er gesessen hatte, eingeschlafen und dann zur Seite geglitten sein. Wärme, Wein und Suppe hatten ihn übermannt. Sein Rücken schmerzte ein wenig, wohl vor allem deshalb, weil er halb auf der Waffe geschlafen hatte. Der Geruch der Suppe war verschwunden, nur das längst ausgegangene Holzfeuer roch man noch. In der Hütte war alles aufgeräumt. Er fand keine Spuren des Essens des Vorabends. Auch der Priester war verschwunden. Er blickte in den Stall, aber der Stall war leer.

Er ging seinen Weg weiter in Richtung des Seengebiets. Er war allein. Seine Schnapsflasche hatte er zurückgelassen, da es genügend Bäche gab, an denen er seinen Durst stillen konnte. Bevor er die Berghütte verliess, nahm er noch ein Stück hartes Brot mit, das vielleicht für das Vieh bestimmt gewesen war.

Mühelos erreichte er die Passhöhe. Der Blick auf die Seen war überwältigend, und er wunderte sich, dass er niemanden sah, der mit ihm diesen Blick teilte. Langsam zogen Wolken auf, und es würde gegen Abend wohl regnen, aber das war kaum der Grund, dass niemand diesen Aufstieg in Angriff genommen hatte. Natürlich war er froh, dass er niemandem seine Wanderung erklären musste, aber die Einsamkeit irritierte ihn. Er schaute zurück, wo er wenig sah, weil der Wald den Blick zurück verstellte. So betrachtete er die Seen und die Weiden, die sanft absteigend zu den Ufern führten.

Dann schrie er ihren Namen, schrie ihn, so laut er

konnte und so oft, bis er heiser war. Er machte eine kurze Pause, bevor er ihren Namen zärtlich und fragend aussprach, leise und deutlich. Dann schrie er den Namen nochmals, ein letztes Mal, mit aller Kraft. In der Stille waren seine Ohren erfüllt mit ihrem Namen. Er schaute um sich herum, aber er war immer noch allein.

Es war nicht das erste Mal, dass er auf diese Weise ihren Namen gerufen hatte. Er erinnerte sich an ein Fest unter Studierenden. Sie war nicht dabei gewesen. Er war allein auf dem Heimweg. Der Weg nach Hause war weit. Längst fuhr keine Strassenbahn mehr. Die Wärme, die Fest und Alkohol reichlich gespendet hatten, schwand. Obwohl er rasch ging, stieg die Kälte von seinen Beinen hoch zu den Hüften. Seine Hände waren tief in den Hosentaschen, so tief, dass es unter anderen Umständen unanständig gewesen wäre.

Er durchschritt ein Wohnquartier, das er nicht kannte. Kein Fenster war mehr hell, nur die Strassenlampen erleuchteten den Weg mässig, weil sie zum Teil von Bäumen verdeckt waren. Einige Blätter lagen schon am Boden und knisterten; vermutlich waren sie gefroren. Sonst war nichts zu hören.

Er rief ihren Namen in die Stille der kalten Strasse, immer und immer wieder. Kein Fenster wurde hell. In der Ferne fuhr ein Fahrradfahrer, der sich nicht umblickte und sich gemächlich mit breit abstehenden Beinen entfernte. In der Strasse hallte ihr Name, so oft er sie rief. Er rief sie oft.

In einem Film wäre sie vielleicht zufälligerweise in der Nähe gewesen und hätte ihn rufen hören.

Er fand sie ohne Mühe. Er kannte ihre Adresse aufgrund der Zustellung des Büchleins. Sie wohnte immer noch am gleichen Ort.

Die Stadt hatte er am späteren Nachmittag erreicht. Er hatte im Seengebiet etwas mehr Geld für neue Kleider ausgegeben, als er gedacht hatte. Er musste sich eine Regenjacke kaufen, da sich das Wetter verschlechtert hatte. Das verbleibende Geld reichte für ein gutes Abendessen, aber kaum für eine Übernachtung. In einem Gasthaus hätte er ohnehin ungern übernachtet, da er den Personalausweis des toten Bauern hätte zeigen müssen.

Er überlegte kurz, ob er zu seiner Wohnung zurückkehren sollte. Aber auch hier schien ihm das Risiko unverhältnismässig gross. Selbst wenn die Wohnung noch unbewohnt war, er hatte keinen Schlüssel. Die Nachbarn kannten ihn und hätten den eigensinnigen Bewohner wohl eher früher als später bei der Polizei angezeigt. Es hätte ihn allerdings interessiert, was mit seinen Sachen geschehen war. Das Persönliche war wohl entsorgt worden, nachdem man die Wohnung durchsucht hatte. Den Rest dürfte ein Trödler verwertet haben. Das Büchlein »Antigone« war bestimmt weggeworfen worden. Vielleicht hatte sich jemand vorher noch über die seltsame Widmung gewundert. DIR.

Jetzt stand er vor ihrer Wohnung und klingelte. Sie öffnete, ohne sich zu vergewissern, wer vor der Tür stand. Sein Griff war an der Waffe, die er immer noch hatte und die weniger gut in die Tasche der neuen, schmäler geschnittenen Hose passte. Ihr Ausdruck war ungläubig:

»Du bist hier? Ich dachte, du seist längst … komm herein.«

Sie zog ihn förmlich ins Innere der Wohnung, schloss die Tür und sprach atemlos weiter:

»Mein Gott, was haben sie mit dir gemacht? Bist du verletzt? Ich hatte keine Ahnung, dass du noch in der Stadt bist.«

Er sagte nichts. Seine Hand war noch immer an der Waffe. Sie fuhr fort, unvermindert atemlos:

»Du hast grosses Glück, dass ich hier bin. Mein Dienst beginnt in einer Stunde. Hast du Hunger?«

Er verneinte und erzählte in knappen Zügen von seiner Verhaftung und seinem Ausbruch.

»Du warst in einem ihrer Lager? Ich habe Schreckliches … Aber du bist hier. Ich werde dir helfen.«

Sie wurde ruhiger und schaute ihn ernst an. Sie standen immer noch an der Tür, als sei dies der sicherste Ort und wäre jeder weitere Schritt ins Innere der Wohnung ein Risiko gewesen. Er überlegte, ob er ihren Namen rufen sollte, einfach ihren Namen, laut und leise, zärtlich und fragend, wie er das auf dem Passübergang und früher in der kalten Strasse getan hatte. Hier hätte seine Stimme ihren Namen mühelos zu ihr getragen. Aber er blieb still und sagte:

»Ich möchte dich nicht in Gefahr bringen.«

Es entstand eine Pause.

»Wie geht es deiner Familie?«

»Was ich weiss, sind sie wohlauf.« Eigentlich wusste er nichts.

»Das freut mich«, sagte sie. Es klang ehrlich für ihn.

Es entstand wieder eine kleine Pause. Sie schaute ihn nochmals an. Fast hätte er gesagt: »Nun bin ich auch versehrt.« Aber er schwieg. Obwohl er ihre Frage, ob er Hunger habe, verneint hatte, sagte sie:

»In der Küche hat es noch etwas Kartoffeln und Käse. Ich mache dir die Kartoffeln heiss.«

Sie ging in die Küche, und er schaute sich zum ersten Mal in der Wohnung um. Die Wohnung war recht klein. Vom Aufschwung, den die neue Regierung wieder und wieder versprochen hatte, war hier nichts zu sehen. Schuld daran waren immer die anderen und die internationalen Sanktionen, die in salomonischer Symmetrie beide Volksgruppen gleichermassen getroffen hatten. Von seinen Autogetrieben wurden wohl weniger gebaut. Das Autowerk produzierte allerdings auch Waffen. Waffen brauchte man immer. Ärzte kosteten dagegen nur.

In ihrer Wohnung sah er eine weitere Tür, die vermutlich in ein Schlafzimmer ging. Ihr Wohnzimmer bestand im Wesentlichen aus einem grösseren Esstisch, einem kleinen Sofa und zwei gut gefüllten Büchergestellen, in denen die Bücher schon horizontal auf den stehenden Bücherreihen lagen.

Er folgte ihr in die Küche. Sie war mit den Kartoffeln beschäftigt und schien unschlüssig, wie sie sie wieder heiss machen sollte. Er vermutete, dass sie sich für sich selbst nicht die Mühe gemacht hatte, die Kartoffeln vom Vortag aufzuwärmen, und sie kalt gegessen hatte.

»Ich danke dir für ›Antigone‹.«

»Du hast das Buch erhalten?«

»Ja. Es steht immer noch in meiner Wohnung, wenn diese nicht in der Zwischenzeit geräumt worden ist. Auch die Eintrittskarte ins Naturkundemuseum, die du mir einmal gegeben hast, habe ich behalten.«

»Ja?«

Sie schien noch stärker mit den Kartoffeln beschäftigt. Sie wandte ihm den Rücken zu. Die Küche war karg. Es gab nur einen kleinen Küchentisch mit einem metallenen Klappstuhl. Er nahm Platz, stand aber gleich wieder auf, um ihr das Besteck abzunehmen, das sie aus einer Schublade hervorgenommen hatte. Er setzte sich wieder und sagte:

»Wir haben uns lange nicht gesehen.«

»Du hast recht. Die Zeiten waren aber auch schwierig. Und du warst verheiratet und hattest sicher viel zu tun.«

Sie sagte das, wie ihm schien, ohne jeden Vorwurf und reichte ihm die Kartoffeln mit dem Käse. Die Kartoffeln waren innen noch kalt. Sie fuhr fort:

»Vielleicht habe ich eine Idee. Morgen reist mein Kollege an einen Kongress im Ausland. Ich werde ihn bitten, uns seinen Passierschein und seine Brille zu geben. Er schuldet mir etwas. Er wird sich krank melden und später sagen, ihm sei alles gestohlen worden, es ist aber gut möglich, dass gar niemand etwas merkt, weil sie mehr die Ausreise als die Einreise kontrollieren. Er ist Gastroenterologe. Ich hoffe, er hat seine Kongressunterlagen im Spital. Du solltest dir medizinische Kenntnisse aneignen. Seine Bücher sind hier. Mit Fremdwörtern hast du ja keine Mühe, und klug genug für einen Arzt siehst du aus. Man wird dich als Herrn Doktor ansprechen.«

Hier lächelte sie das erste Mal ein bisschen. Augenscheinlich war sie froh, Gedanken und Gespräch auf ein bestimmtes Ziel zu richten. Er dagegen fragte sich, wer der Eigentümer der Bücher war, die sie ihm zur Lektüre aufgetragen hatte. War es ihr Freund? Den Gastroenterologen konnte sie kaum gemeint haben, als sie von seinen Büchern sprach. Er sagte:

»Was du tust, ist gefährlich.«

Sie ging auf diese Bemerkung nicht ein und sagte stattdessen:

»Ich mache dein Zimmer. Ich muss bald gehen. Warte bitte nicht auf mich, ich komme erst mitten in der Nacht. Du musst schlafen, denn der Tag morgen wird lang sein.

Wie gesagt, weiss ich nicht, ob das so funktioniert. Wenn nicht, versuchen wir etwas anderes. Ich will dir helfen.«

»Du hast mir schon geholfen.«

Er dachte an die Zeit im Lager und an den Ausbruch. Er erwog, ihr alles zu erzählen. Nichts würde er auslassen, weder seine Gedanken im Lager noch sein Handeln nach dem Ausbruch. Auch von ihrem Haar würde er sprechen, und wie er sich in dieses in seiner dunklen Ecke im Ferienheim ergeben hatte. Er würde auch von dem Gierigen sprechen und dem Mädchen auf dem Bauernhof, das er nicht nur unschuldig angesehen hatte. Sie wüsste dann endlich alles, was es zu wissen gab. Alles.

Aber sie hatte die Küche schon verlassen, um ihm sein Bett zu machen. Zeit hatte sie nicht, wie sie gesagt hatte. So sass er in der Küche und ass die innen kalten und aussen lauwarmen Kartoffeln und den Käse. Das kleine Fenster in der Küche ging auf einen kleinen Hinterhof hinaus, in dem ein Mann mit einem alten Fahrrad beschäftigt war. Es regnete leicht, und der Mann schien unzufrieden.

Er stand auf und holte sich ein Glas Wasser. Er merkte, dass er hungrig und durstig war, und ass alle Kartoffeln und den ganzen Käse. Als sie wieder in die Küche trat, hatte sie schon ihren Mantel angezogen.

»Fühl dich wie zu Hause.«

Sie sagte es wie jemand, der einen Scherz erzählt, von dem er fürchtet, die Zuhörer fänden ihn nicht lustig. Ihre Bestimmtheit, die sie gewonnen hatte, als sie von seiner Ausreise sprach, schien sie wieder verloren zu haben. Sie machte einen Schritt auf ihn zu, als wolle sie ihm die Hand geben, blieb dann aber stehen und sagte:

»Vielleicht solltest du am Abend das Licht löschen. Ich glaube zwar nicht, dass jemand dich hier sucht, aber, aber … es ist wohl sicherer.«

»Einverstanden. Ich danke dir für alles. Es ist nicht selbstverständlich, was du tust.«

Er sprach seinen Dank langsam und betont aus. Ihr Gesicht wurde ernst, so wie er sie oft gesehen hatte. Wieder entstand eine Pause. Sie sagte:

»Ich hoffe, dass alles gut kommt. Es ist hier so ein Irrsinn. Wenn das anders wäre, ich …«

»Die Welt ist nicht an allem schuld. Aber wohl an einigem.«

Sie schaute ihn an und schien etwas sagen zu wollen, überlegte es sich offenbar anders. Er schaute sie an und sie blickte zurück.

»Ich komme wieder.«

Mit diesem Satz verliess sie die Wohnung. Er schaute ihr von der Küchentür nach. Draussen schien sie zu zögern. Er dachte erst, sie käme zurück. Dann hätte er sie geküsst. Wahrscheinlich überlegte sie aber nur, ob sie die Tür von aussen zusperren sollte. Er hörte ihren Schlüsselbund. Sie entschied sich, die Tür offen zu lassen. Er blickte auf die geschlossene Tür und hörte, wie sich ihre Schritte entfernten.

In der Wohnung war es still. Weit entfernt hörte er wieder Schritte, aber es konnten nicht die ihren sein. Er ging zurück in die Küche, spülte das Geschirr und setzte sich wieder auf den Klappstuhl. Der Mann im Hinterhof war verschwunden.

Er trank nochmals ein Glas Wasser, obwohl er nicht durstig war. Er spülte das Glas. Dann streifte er durch die Wohnung. Im Schlafzimmer lagen die Anatomiebücher und frische Tücher. Sie hatte nichts gesagt, aber er war sicher, dass er unangenehm riechen musste, trotz seiner neuen Kleider. Er ging ins Badezimmer und zog sich aus. Er entdeckte einen alten Rasierer, aber keinen Rasierschaum. Er benutzte die Klinge trotzdem. Ob die Klinge ihrem Freund gehört hatte? War der Freund ausgezogen? Hatten sie sich getrennt?

Die Klinge kratzte, aber wenn er sie lange genug unter heissem Wasser spülte, schnitt sie leidlich. Er sah, wie seine Backenhaare abfielen, und spielte etwas mit den Haaren. Im Spülbecken hatte sich Wasser angesammelt, das Wasser floss nur langsam ab. Er war sich nicht sicher, ob das vorher schon der Fall gewesen war oder ob seine Haare den Stau verursacht hatten.

Nachdem er die Barthaare so gut wie möglich rasiert hatte, betrachtete er im Spiegel sein Haupthaar. Es war weniger verwildert, als man hätte annehmen können. Er hatte sich einmal im Lager für eine Zigarette sein Haar schneiden lassen. Im Rückblick waren die Wachen entweder dumm oder sorglos, dass sie nie die Insassen durchsucht hatten, da ihnen auffallen musste, dass die

Insassen ihre Haare offenbar von Zeit zu Zeit geschnitten bekamen. Vielleicht hatte ein Gefangener eine Wache genau mit dem Messer getötet, mit dem man ihm vorher die Haare geschnitten hatte. Er dachte an die toten Wachen nicht ohne Genugtuung.

Trotz des Schnitts im Lager sah sein Haupthaar im Vergleich zu seinem rasierten Gesicht jetzt ungepflegt aus. Er netzte sein Haar und beseitigte vorsichtig ein paar Strähnen an den Seiten. Vielleicht hätte sie sein Haar schneiden wollen. Er hätte gerne ihre Hände in seinem Haar gespürt, wusste aber nicht, ob sie dafür noch Zeit hatten.

Er liess sich ein Bad einlaufen, langsam und mit seinen Händen das Wasser an die Seiten der Wanne leitend, sodass fast kein Geräusch entstand. Er hatte das Baden nicht vermisst, jetzt freute er sich aber auf das Wasser. In dem sauberen Badezimmer wurde ihm bewusst, wie dreckig er war. Er sah im Spiegel verschiedene Verfärbungen an seinem Körper, die er gar nicht näher betrachten wollte und von denen er hoffte, dass Wasser und Seife sie beseitigen konnten.

Er stieg vorsichtig in die Wanne und tauchte mit dem Kopf unter, obwohl das Wasser etwas zu heiss war. Er hörte ein lautes Pochen und Rauschen. Er hielt die Luft an, solange er konnte, bis er sich prustend aufrichten musste, sodass etwas Wasser über den Rand schwappte. Das Wasser in der Wanne hatte sich tatsächlich etwas verfärbt, so glaubte er zumindest. Er erwog, neues Wasser zu verwenden, beschränkte sich aber auf den Gebrauch von reichlich Seife.

Als er sich abgetrocknet hatte, legte er sich auf das Bett im Schlafzimmer. Ihr Bett. Das Liegen auf dem Bett schien ihm unvorstellbarer Luxus. Er holte sich die Anatomiebücher, in denen er lustlos zu lesen begann. Er glaubte nicht, dass seine Kenntnisse wirklich eine Rolle spielen würden. Er bemühte sich, konnte sich aber schlecht konzentrieren. Er stand wieder auf und durchschritt ihre Wohnung. Er war versucht, ihren Schreibtisch zu durchsuchen, unterliess es aber. Er betrachtete ihre zahlreichen Bücher, fand aber keines, das dem Büchlein ähnelte, das sie ihm geschickt hatte.

Der Abend verging quälend langsam. Er hörte vermehrt Schritte in den anderen Wohnungen. Er legte sich in ihr Bett, zunächst mit ihren Handtüchern, dann nackt. Die Wärme des Bades hatte seinen Körper längst verlassen. Er stand wieder auf und zog sich die neue Hose an, nicht ohne vorher geprüft zu haben, ob die Hose auf der Reise vom Seengebiet in die Stadt nicht schon seinen schlechten Geruch angenommen hatte. Er glaubte es nicht. Oder seine Nase war sich Schlimmeres gewohnt.

Mit nacktem Oberkörper durchschritt er das Wohnzimmer hin zur Küche. Die Wohnung war nur erleuchtet von einer kleinen Lampe im Schlafzimmer. Er dachte an ihren Leuchter, den er nie hatte leuchten sehen, und ging in die Küche. Im Hinterhof war niemand, soweit man das sehen konnte. Er stellte das Radio an. Die Musik kam ihm laut vor, obwohl er das Gerät sehr leise eingestellt hatte.

»Éblouie par le noir«, hauchte die Sängerin. Er war sich nicht sicher, ob »éblouie« geblendet bedeutete. Geblendet von der Dunkelheit. Das Lied irritierte ihn, aber ihn hätte wohl manches irritiert. Im Radio hätten sie auch gleich die Pavane »Belle qui tiens ma vie« spielen können wie damals in der Kirche. Mit ihr.

Er war in ihrer Wohnung. Er war ihr auf eine gewisse Weise näher als jemals zuvor, eigentlich dort, wo er sein wollte, wo er gedacht hatte, er gehöre hin. Aber es passte nicht, er passte nicht, die Wohnung passte nicht, irgendetwas passte nicht, ohne dass er die Abweichung hätte festmachen können. Eine Missweisung. Eine Besteckversetzung war notwendig. Er dachte zurück an das Verhör mit dem Vorgesetzten in der Ziegelei und an den Artikel »Kursverwandlung«, den ihm der Vorgesetzte vorgetragen hatte. Er wollte nicht mehr verhaftet werden.

Er spürte Unruhe und Leere. Und eine Müdigkeit, die einen nicht schlafen lässt. Er erinnerte sich an seine Arbeit im Werk. Oft war er der Letzte im Büro gewesen und hatte noch spät gearbeitet. Er hätte ein bisschen schlafen können, vielleicht nur zwanzig Minuten, und dann weiterarbeiten können. Niemand hätte ihn gesehen, und wenn doch, wäre es niemandem in den Sinn gekommen, ihm das vorzuwerfen. Aber er war irgendwie zu müde, um zu schlafen, damals wie jetzt.

Er stellte das Radio ab und kehrte ins Schlafzimmer zurück. Er zerlegte die Waffe, obwohl er sie nach dem Ausbruch schon mehrfach untersucht hatte. Sie war seiner Dienstwaffe nicht unähnlich, vielleicht eine Spur älter. Sie lag angenehm in der Hand, ihm gefiel das kompakte Gewicht.

Viele seiner Kollegen im Militärdienst hatten Waffen einen übertriebenen Stellenwert zugewiesen, hatten ihrem Gewehr oder ihrer Pistole einen Namen gegeben. Er verstand das nicht und fühlte nichts für die Waffen, die er besessen hatte. Ihm gefiel die schlanke Technik einer Waffe, die einfache Idee, ein Stück Metall in kürzester Distanz auf eine Mündungsgeschwindigkeit von über vierhundert Metern pro Sekunde zu beschleunigen. An der Mündung war die Kugel am schnellsten. Im Lauf wurde sie beschleunigt, während nach dem Verlassen des Laufes der Luftwiderstand bremste. Luftwiderstand und Reibung hatte er immer als Störung jeder Berechnung empfunden. Sie verhinderten die unendliche Bewegung, die ein einmal beschleunigter Körper beschrieb, wenn auf ihn keine Kräfte einwirkten.

Aber auf kurze Distanz konnten weder Luftwiderstand noch Gravitation der Kugel etwas anhaben. Ein leichter Fingerzug setzte etwas in Bewegung, das so schnell war, dass man es nicht hören konnte, bevor es traf. Es flog dem Schall voraus. Das Projektil überwand eine Distanz mühelos und entwickelte trotz geringer Masse eine beachtliche Energie. Eine Gewehrkugel durchschlug eine gehärtete Stahlplatte. In einem Block Butter oder an ein paar aufgehängten Wolldecken blieb die Kugel hängen, weil diese beim Aufprall zurückwichen. Die Eiche bricht, nicht aber das Schilfrohr. Je plie, et ne romps pas. Simple Physik. In seinem Studium hatte er Ballistik immer gemocht.

Dann dachte er an das tote Mädchen auf dem Bauernhof, dessen Kopf auf der Steinplatte vor dem Gemüsegarten so unangenehm laut aufgeschlagen hatte. Er legte die Waffe weg und kroch unter die Decke.

In der Nacht war sie zurückgekehrt. Er hörte ihre Schritte in der Wohnung. Er überlegte, ob er sie begrüssen sollte. Es wurde aber rasch still im Wohnzimmer und er blieb im Bett. Er kroch wieder unter die Decke, obwohl ihm eher warm war. Er lauschte seinem eigenen Atem, bis es unter der Decke zu stickig wurde.

Sie weckte ihn früh. Er tat so, als hätte er geschlafen, und drehte sich zu ihr hin, die in der Tür stand. Licht drang nur entfernt aus der Küche. Sie war bereits angezogen. Sie sah müde aus. Es war nicht der Moment.

Er streifte sich das Hemd über. Auf Unterwäsche verzichtete er und warf die verschmutzten Lumpen in ihren Papierkorb, nicht ohne sie anschliessend mit Papier zu bedecken. Sie hatte Kaffee gemacht und Brot, Butter und Marmelade hingestellt, allerdings nicht so, als erwarte sie, er wolle frühstücken. Er fragte sich, was mit seinem Frühstück geschehen war, nachdem man ihn verhaftet hatte. Überhaupt war ihm die Verhaftung plötzlich wieder nahe. Die Zeit im Lager und der Ausbruch wurden komprimiert auf eine kurze Zeitspanne. Er erinnerte sich an Ferien und wie er sich am Anfang jeweils sofort lange von zu Hause weggefühlt hatte, während ihm dann auf dem Heimweg die Zeit viel zu kurz vorgekommen war. Diese Ferien waren lange und der Ort unerfreulich gewesen. Dorthin würde er nicht zurückkehren.

Auf dem Weg zum Bahnhof erläuterte sie ihm die Einzelheiten der Ausreise und gab ihm Kongressunterlagen, Passierschein und Brille des Gastroenterologen. Er berührte in der Strassenbahn mit der Hand ihren Oberschenkel, aber sie rückte etwas weg. Es war recht kalt, wie damals in der Kirche.

Dann waren sie am Bahnhof. Eigentlich war alles klar. Er aber sagte:

»Ich muss dir noch etwas geben.«

Sie schaute ihn fragend an. Er zog sie in die Nähe eines Kiosks, der noch geschlossen war. Er fühlte die Waffe in der Hose. Das Metall war warm. Er zog die Waffe, die er in ein Taschentuch gewickelt hatte, vorsichtig heraus. Trotz dem Taschentuch hätte er die Waffe benutzen können. Die Waffe war auf ihr Bein gerichtet, so, wie man eine Waffe eigentlich nie halten sollte. Er drehte die Waffe langsam gegen sich selbst.

In dem fast leeren Bahnhof wäre ein Schuss sehr laut gewesen.

Er gab ihr die Waffe und sagte:

»Bitte entschuldige, ich hätte sie dir in der Wohnung geben sollen. Wirf sie so bald als möglich weg. Sie ist geladen.«

Es entstand eine Pause. Niemand sagte etwas. Er schaute auf seine Uhr, machte eine undeutliche Kopfbewegung und schritt zum Zug. Einmal blickte er zurück, aber sie stand immer noch in der Nähe des Kiosks, wo man wenig sehen konnte. Er blickte wieder nach vorne. Im Innern des Zuges hatte man gerade das Licht angestellt.

Epilog

Das Töten wird allgemein überschätzt.

Der Tod ist bedeutsam für den Getöteten, weil er beendet, was war. Der Getötete tritt in Beziehung zu dem, der ihn tötet. Diese Beziehung bedeutet keine Nähe. Der Tod schafft vielmehr eine Distanz, deren Überwindung unmöglich wird. Es entsteht keine Verbindung zwischen dem Tötenden und dem Toten, im Gegenteil.

Wer tötet, nimmt einem anderen Menschen das Leben. Er hält aber nichts in seinen Händen. Er erhält nichts. Das Nehmen ist kein Nehmen. Dem Lebenden bleibt nichts vom Toten. Der Tote ist im Tode allein, der Lebende im Leben.

Es ist deshalb ein Irrtum, zu glauben, dass unser letzter Moment für den von Bedeutung ist, der diesen Moment gewaltsam herbeiführt. Er lebt weiter und hat nicht mehr und nicht weniger, als er vorher hatte. Er ist dem Getöteten nicht nähergekommen.

Das Töten wird allgemein überschätzt.